ドイツ史学徒が歩んだ戦後と史学史的追想

望田 幸男

目次

〈付論〉書評・他者に学ぶ　188

序章　戦後とドイツ近代史研究

ごく最近の大学では、様相はかわってきたけれども、それまでは多くの大学では史学科がおかれ、それは日本史・東洋史・西洋史と専攻にわかれ、さらにその西洋史専攻のなかに国・時代別の個別テーマを研究する学生が配されていた。そのひとつに私の専門であるドイツ近代史があった。ところが、このように細分された専門分野は、たんに機械的に分類されているだけではなく、それぞれ独自な意味付けがされており、時代風潮に刻印されていた。ドイツ近代史も、細分された歴史専門分野のひとつに相違ないが、それのおかれた学問的・思想的位置づけは、独特のものがあった。

一九六一年末に記された私の読書ノートの走り書きの一端を記しておこう。そこには敗戦から戦後一〇数年におけるドイツ近代史研究をめぐる独特の雰囲気の一端が伝わってくる。

「ナチズム、ミリタリズム、権力主義、近代ドイツといえば、だれしもすぐに脳裏に浮かべるのはこれらの言葉であろう。政治における、人間精神におけるデモーニッシュなものを、ドイツ近代史ほど赤裸々に示してくれるものはない。いわば、人間の精神と政治における一種の典型的な暗黒面にメスを入れ、その構造と論理を明らかにすることに、ドイツ近代史研究が負わされた学問的使命がある。」（一九六一・一二・二七）

こうした意味付けは、大学のなかで公言されていたわけではないが、当時、ドイツ近代史研究の「駆け出し」にすぎなかった私にも、はっきり意識されていたことである。その背景には以下のような事情があった。日本の歴史学界で近代史研究としては、日本史の分野では講座派マルクス主義が、西洋史、とくにイギリス史の分野では「大塚史学」が主導し、両者によって歴史学界が大きく方向づけられていた。そこでは、大局的には明治維新以後に成立した近代天皇制とその支柱としての寄生地主制・独占資本の体制を「絶対主義的天皇制」として厳しく批判する論理を主軸にしていた。そして、これへの対極にあるものとして、英仏とくにイギリスの近代議会主義体制が対置された。そして他方、一八四八年以降のプロイセン・ドイツの体制は、日本の絶対主義的天皇制のモデルであったとされていた。つまり一方に英仏の議会主義的体制、他方に日独の絶対主義的体制という二つの近代類型が設定されていたのである。

こうした比較史的視座にもとづくドイツ近代史研究は、たんに歴史学の研究方法というにとどまらず、日本における近代的変革（英仏型近代）をめざす戦略論という文脈のなかに位置付けられていた。こうして戦後ほどなくの頃、ドイツ近代史研究は、敗戦までの日本近代史を、英仏流の近代とは異質な絶対主義的天皇制であると比較史的に位置づけるために、その媒介項の役割を担わされたのである。つまり一九世紀初頭から第一次世界大戦でドイツ帝国が崩壊するまでのドイツ近代史については、英仏の近代とは異質な前近代的な絶対主義的性格のものであるとされ、とりわけユンカーという前近代的な地主貴族の政治的・社会的優越が強調されたのである。

私たち昭和一桁代生まれが、戦後にドイツ近代史研究に志した頃、以上に概観したような理論潮流が形成されていた。そこでは全国的には松田智雄氏を中心としたグループが、京都では大野英二氏らが、中心的核をなしているとみなされていた。もちろん、ことは学問研究のレベルで語られていたことであるので、個別研究的にはさまざまなアプローチと想いが乱流していたことはいっておかねばならない。

本書は、以上に点描したようなドイツ近代史の特定の性格づけが、インパクトのある流れとなっていた戦後に学問的に目覚めた私が、その後の戦後状況の変化のなかで、それをどう修正し変化させ、私なりのドイツ近代史像を提示しようとしたかを、一本の軸心として綴ったものである。つまり一ドイツ近代史学徒としての私にとって戦後を語るとは、ドイツ近代史像をどう考え語ってきたかをたどることでもあるからだ。

ところで他方、学問の世界だけでなく、一個の人間としては社会的政治的世界のなかで生きており、そこでは社会的活動に大なり小なりたずさわっている。この局面も「生きて来た戦後」であり、思考と行動における私なりの試行錯誤がある。そこにはドイツ近代史研究を「職業としての学問」としながら、社会的活動というもう一つの戦後がある。本書で「戦後を語る」に当たって、この両面からのアプローチを試みたつもりである。

第一章　敗戦の余燼ただようなかで

――学問へのあこがれと青春の蹉跌

マルクス主義も教養目録にはいっていた

大学院で修士論文を提出したのが、ドイツ近代史研究者としてのスタートであるとすれば、それは一九六〇年三月のことであった。だが、個人史に沿いすぎるきらいがあるが、敗戦から一九六〇年までの青春期に関して、触れざるを得ない事情がある。それというのも、私は、敗戦直後によく見かけた、いわゆる「早咲きのマルクス・ボーイ」であったからであり、中学（旧制）・新制高校時代が、青春期以後の人生の有り様にすくなからず影響を及ぼすことになったからである。

敗戦を迎えた時、私は中学二年であった。翌年、物理の教師雨宮敏夫氏が中学三年のクラス担当になった。同氏との出会いが、私の生き方と思想に決定的な影響をもたらした。実は同氏は私の郷里甲府切っての資産家の次男で、敗戦時の経済的窮迫のもとにあっても、給料はすべて書物の購入に投じ、新刊本は自然科学・社会科学を問わず購入し――当時は出版点数も少なかったせいもあったが――、また彼自身恐るべき勉強家であった。ちなみに彼はまだ20歳代前半だったが、当時、台頭しつつあった自然科学史的方法にもとづく授業（科学や理論の発展と歴史的発展の結合）を試みていた。つまり古代からの歴史的発展に沿いながら科学理論の発展の歴史を説きつつ、年間の物理・化学の授業スケジュールをこなしていたのである。これは、当時、岡邦雄、武谷三男、原光雄らによって開拓されつつあった新しい科学史研究に依拠したものであった。

同時に彼の授業は、科学の探究者たちが、真理と真実のために身命を賭して権力や教会と戦ったことを、情熱込めて語ってくれた。このことは、後年、私が学問研究を職業とする選択をしたことに、決定的な潜在的要因になったことは間違いない。それは、雨宮クラスでの課外活動によっても促進された。たとえばクラス雑誌『希望』第二号（一九四六年一二月刊）に、私は「デカルト幾何学」について、また同誌第三号（一九四七年四月号）には「ガリレイ・新科学対話」について感想文を書いている。また映画「カサブランカ」（対ナチ抵抗の恋愛物語）や「王国の鍵」（宗教と刑法の相克）などの鑑賞会も行い、文章化や論理化の訓練の機会をもつこともできた。

さらに、この授業や課外活動の影響もさることながら、なによりも私にありがたかったのは、彼の膨大な蔵書を自由に解放してくれ、自宅に読書室めいた部屋も用意してくれたことである。甲府も敗戦の一か月まえの一九四五年七月六日に大空襲に見舞われ、家は焼かれ、親戚の寺の二間に家族六人で仮住まいしていた私にとって、まさに青天に慈雨の計らいであった。それらの蔵書のなかには哲学・思想関係のものも多く、まだ思想的には「純白」だった私を特定の方向に導いていったのも自然な流れであった。週に一度、数冊の本を借り、翌週、返却の際に新たにまた数冊を借り受けるという「奇異な習慣」が一〇代後半の少年の生活の一端となった。

ここで話がやや横道にそれるが、この雨宮敏夫という風変わりな青年教師が、非文化的な甲府にどうして登場してきたのか一言しておきたい。戦前から彼の家は質屋を業とした甲府切っての資産家であった。そのため旧制高校に進学し、学問の道に進みたいという願望を、「質屋の倅に学問はいらない」と親父にいわれ、彼は甲府商業学校に行かされた。そのため旧制高校・大学という進学ルートを断たれ、上級学校は物理学校（今日の理科大学の前身、当時は入学は無試験、卒業は難関で有名）に行かざるをえなかった。そして郷里の中学の物理の教師にたどりついたのである。まさに戦前の複線型学校制度による悲劇の落とし子である。こうして雨宮青年教師の胸中には、自分の教え子のなかから学問に志す者を生み出したいという「見果てぬ夢」があったのだ。そうした期待をかけられた数人の少年のなかのひとりが私だったというわけである。

このような雨宮教諭とともに、私への影響として看過できないのは、近隣の旧制高校に在学していた少なからぬ先輩たちである。彼らは休暇になると次々と雨宮教諭のもとを訪れてきていた。彼らの哲学・思想の語りのなかには、講座派理論やマルクス主義の言辞が散りばめられていたのだ。私にとって、雨宮邸でのこれらの先輩たちとの出会いは、いわば「大正教養主義」の洗礼の場でもあった。敗戦直後、生活的には貧窮のどん底にあったが、精神的には、私の人生でもっとも知的活気にあふれた時期であり、まさに「ひとはパンのみによって生きるにあらず」であった。

なお、この「大正教養主義」について一言しておかねばならない。これは、竹内洋『教養主義の没落』（中公新書、二〇〇三年）のPR文によれば、「読まなければならない本、というものがあった……」時代における旧制高校や大学の学生文化の別称である。そこではドイツ古典哲学をはじめ内外の古典的教養書に親しみ論じることが、価値ある生き方とされていたのである。しかもマルクス主義もその教養目録のなかに鎮座していたのである。ところが昭和一桁代前半期までに生まれた者は、旧制高校への進学機会を持ち得たが、後半期の者は戦後の学制改革で旧制高校が廃止され、新制の大学・高校に編成替えされたために、そのあこがれは見果てぬ夢となり、それだけに「教養主義」へのあこがれはいっそう強かったのである。ともあれ、この教養主義をめぐる世代的断層とあこがれの屈折関係は、戦後の思想や文化などを語る際に忘れられない論点である。

社会的活動への初動

戦後数年間、三度の食事もまともに取れない状況にありながらも、知的・精神的には恵まれた青春を享受していた私の眼を、読書だけでなく、社会へと開かしてくれた機会が訪れた。それは甲府にも「民主主義科学者協会」の支部が結成されたことであった。この組織はいうまでもなく専門分野別の部会をもって構成された全国的な文化的研究団体であったが、甲府の場合は、主として東京から講師を呼んで講演会活動を行う文化団体というのが実態であった。私はまだ新制高校二年であったので、正式会員扱いはされていなかったが、講演会の準備や宣伝を手伝うことになった。これは、私の人生で最初の社会的文化的活動への参加であった。ともあれ、この活動を通じて、羽仁五郎・説子夫妻、松本新八郎、ぬやま・ひろし、高橋庄治などの左派の論客たちの講演に身近に接したのである。こうしたなかで私の読書歴もだんだん左傾していったのも自然な流れであった。ちなみに私が『共産党宣言』を読んだのは、高校二年の一九四八年九月のことであった。同時に、これと前後して読んだものには、当時の読書ノートによれば、エンゲルス、ロマン・ロラン、尾崎秀実、羽仁五郎、武谷三男、坂田昌一、ポアンカレなどの著書があり、まさに雑学・乱読の時期でありつつも、あきらかに「左傾」しつつあった。そこには戦後ほどなくの頃、甲府のような地方都市をふくめて日本をおおっていた知的文化的雰囲気の一断面が見えている。

他方、学内活動でも生徒会やクラブ活動にも本腰を入れ始めた。クラブ活動では新聞部に所属し、毛沢東思想を中心にした解説記事などを書き、校長室に呼び出しを受けたりした。ちなみに毛沢東主導の中華人民共和国が樹立されたのは、一九四九年一〇月で、私が新制高校三年のときであった。私が呼び出しを受けたのは、甲府のようなところにも、敗戦直後の「解放感」は後景に退き、米ソ冷戦の風が吹きつのり、反共宣伝が目立つようになっていたのだ。冷戦といえば、当時の校長近藤兵庫氏の朝礼における「決まり文句」はこうだった。

「今日はデモクラシーの時代である。しかしデモクラシーといっても二つある。アメリカに代表されるものとソ連に代表されるものとである。私たちは、アメリカのものを選択せねばならない。」

東京で全学連で活動していた先輩にのちに聞いたところによると、近藤氏は戦時中、旧制東京高校の寮の舎監をやっており、左翼学生を摘発しては、特高警察に通報していた人物だったそうだ。戦後、甲府中学でも戦時中からの永井校長が、生徒の全学ストライキによって追放され、その後任として近藤氏が新任されて来たのである。いわば彼は「左翼学生狩り」のベテランであったのだ。私がクラブ活動の校内新聞で、毛沢東の「新民主主義論」の解説記事を書いた折にも、校長室に呼び出し、「この文章は相当に勉強していないと書けないものだ。君は共産党員か」と詰問したのであった。こうした校長室への呼び出しはその後もしばしば行われた。ちなみにアメリカ占領軍の民間情報教育局顧問イールズが、新潟大学で「共産主義教授追放」の講演を行い、全国各地の大学で教授のレッドパージが強行されたのもこの頃（一九四九年）のことである。

ともあれ私たちの高校時代には、敗戦直後の解放感はもはや姿を消し、「冷戦」のまさに冷たい風が強く吹き募っていた。こうしたなかで高校卒業を迎える頃となり、雨宮先生とも別れの日が近づいた。一九五〇年のある日、先生宅に数名の生徒が集まった際、先生がそれぞれに選定しておいた本を贈ってくださった。私には、波多野精一『キリスト教の起源』を下さり、「君は将来、こういう方向に行くだろう」と言われた。当時、武谷三男や坂田昌一などの「自然科学論」に魅力を感じていた私は、いささか選定違いという不満を感じたが、私ののちの歩みに照らせば、大局的には雨宮先生のほうが、私の性向を適格に見抜いていたといえよう。

いよいよ高校卒業、大学受験を迎えるようになったが、小生意気なマルクスボーイの私にとって大学受験の準備はほとんどできておらず、おきまりの浪人生活にはいった。世はサンフランシスコ条約をめぐって「全面講和か単独講和か」と沸いているさなか、一年間ひたすら受験勉強に打ち込む日々が続いた。

青春の蹉跌から再起の道へ

一九五一年四月、京都大学文学部史学科に入学、どうやら学問の道にはいる入口にさしかかったが、京都に来てまずは驚いたことは、甲府と違って共産党が大手を振っており、同級生にも安井信雄共産党京都市会議員の長男や哲学者の梯明秀の長女などがいた。ここで政治的・社会的激動の渦潮にまきこまれ、大きく脇道にはいりこんでいくことになった。それは、すでに五〇年六月から勃発した朝鮮戦争の拡大の影響であった。戦争は実質的には朝鮮半島におけるアメリカと中国の軍事的衝突であり、日本はアメリカ軍の最前線基地であった。しかも戦線は一時期、南端の釜山にまで及び、状況によっては日本本土にまで波及するかもしれないといわれた。

当時、朝鮮民族解放隊なる旗印を掲げた宣伝隊に出くわしたことがあったが、そのとき手渡されたビラには「私たちの祖国の地では、同胞たちが血の海の中で戦っている……」といった文言があり、思わず鳥肌が立つような戦慄を覚えたものだ。とりわけ私たち京大一回生の校地は宇治にあり、警察予備隊（自衛隊の前身）の駐屯地と垣根ひとつで隣接しており、まさに戦争と平和が隣り合っていた。また、すでにマルクスボーイとしては一人前になっていた私は、「京都府付近における米軍・警察予備隊の施設分布図」を見せられたとき、衝撃的ショックを受け、ほどなくこうした渦潮にまきこまれていったのである。

二回生になるとともに、私は勉学の道はしばし放棄し、もっぱら学外の政治的社会的活動にたずさわることになった。それから三年間、ときおり未練がましく本屋に並ぶ学術書のコーナーを眺める機会をもちながらも、京大キャンパスを訪れることはほとんどなかった。一九五五年四月、肺結核にかかったこともあって、私は大学に復学した。そこには、似たような道をたどったすくなからぬ学友たちがいた。彼らの多くは「青春の蹉跌」に心身ともに傷つき、仕送りも絶え経済的に苦境に立ちながら再起の道を模索していった。それというのも、たんに政治的活動によって学業が妨げられたということよりも、自分たちの活動が多かれ少なかれ「極左冒険主義」という否定的なレッテルをはられ、不毛な非生産的な年月を送ったといわれたからである。それは、ある意味では自分でもそう思い、今日に至っても消えやらぬ「心の旅路」の傷跡となっている。

ひとは自分の思考や行動がそれなりに意味をもっていると信じられるときには、恐るべき耐久性や持久性を発揮する。ところが、その意味が動揺し崩れ出したときには、耐えがたい苦悩に悩まされる。学外活動の時期には経済的にはいつもどん底生活だった。まる一日空っ腹のときもあった。それでも志に動揺をおぼえることはなかった。だが、行動の正当性や意味が疑われるに至ったとき、動揺は深刻である。大学に復帰してからそんな日々が続いた。私は幼少期に母と死別し、祖母によって育てられ、精神的・心理的な孤独や苦悩には比較的、耐久性があったが、この時期には、私の戦後体験のなかで、最も苦悩にさいなまれた日々が続いたのであった。

このような時期に、丸山真男『現代政治の思想と行動』上・下（未来社、一九五六、七年）、久野収・鶴見俊輔『現代日本の思想』（岩波新書、一九五六年）などが出版され、私にとっては再出発の思想的・心情的手掛かりをあたえてくれた。とりわけ丸山政治学と鶴見のプラグマティズムは、あとあとまでも消えやらぬ思想的資産となった。とりわけ後者の著書について、後年、メモ風の感慨を以下のように記している。

「……私の学問的発想法とともに、広くものの考え方のうえでも方向指示器的な役割を果たした書物。その理由は『人間は思想を大切にしなければならない』ことともに、『思想は絶えず現実と実践のなかで検証され、修正されて行かねばならない』こと、とくに

後者の指摘に深い感銘を受けたからである。」（一九九〇年記）

ある意味で、一九六〇年頃からの私のドイツ近代史研究は、このメモ書きの感慨を歴史研究のうえで私流に具体化し生かしていこうとした歩みで刻まれているといえる。このことは第二章以下で立ち入って述べるつもりである。

「大塚史学」の内と外

史学科に在籍していた私は、専攻は西洋史を選んだ。「はじめに」で述べたように、戦後日本の西洋史学界では、とくに近代史研究では大塚久雄東大教授を頂点とする「大塚史学」が大きな影響力を及ぼしていた。それは学術的な意味だけでなく、戦後の解放感と表裏の関係にあった。当時、よく引き合いに出されたのは、大塚氏自身が敗戦から一年数か月後に書いた「経済再建期における経済史の問題」（『近代資本主義の起点』学生書房）という小論において、以下のように述べたことである。

「……中でもわれわれの心を強く揺り動かしたのは、あの農民解放の指令であった。日本農民が古い旧い桎梏のうちから解放されるその第一歩が確実に踏み出された。何とすばらしい事であろう。」

ここには近世ヨーロッパ（とりわけイギリス）において封建的土地所有制から農民が解放され、近代への道が切り開かれていったことを、戦後日本における農民解放を推進することと二重写しで語られていたのであった。つまり戦後日本の近代化という課題を、イギリスをはじめとする西ヨーロッパ諸国の近代化に擬していたのである。そこに戦後ほどなくの頃、若い歴史研究者や学生たちが大塚史学の旗のもとに集まった背景があった。しかし戦後日本がいわゆる「戦後の貧しさ」から脱し始めると、大塚史学的な感覚と一般の社会感覚との間にズレを感じさせ始めていったことは、後述することになろう。

復学して目を開かされたのは、越智武臣助教授の講義であった。講義のテーマは、イギリスの近代化であったが、その基調は「大塚史学への批判」であった。ポイントは、イギリス近代化の中心的担い手たる社会層は、ヨーマンリであるか（大塚説）、それともジェントリー（越智説）かという論争であった（ヨーマンリとは一般の自営農民であり、ジェントリーとは地主層であり、地方政治を抑えていた）。講義自体は「越智節」の名調子もあり、学生たちにはおおいに受容されていったようである。ただし反面では私は、「近代化の担い手」の解明という問題設定から議論を展開すること自体には、「あまり現代的ではない」といった感をぬぐえなかった。こうした点は、また後で論じることになろう。

他方、西洋史研究室におけるドイツ史研究の動向として、付言しておかねばならないことがある。

それは、ドイツ正統史学の頂点に立つフリードリヒ・マイネッケの歴史学こそが「王道」とされていたことである。私にとっては、これはこれで精神史的政治史としての迫力を感じさせられつつも、「ドイツ観念論の歴史学」という感を抱かざるをえなかった。

ちなみに、この頃（一九五六〜五八年）の私の読書傾向は、マルクス主義に傾斜しつつも、やはり乱読傾向は脱してはいなかった。読んだ主なものの著者名などを列記しておこう。

レーニン：「ロシアにおける資本主義の発展」、「社会民主党の農業綱領」

大塚史学関係：高橋幸八郎、北条功、藤原浩、柴田三千雄、岡田与好

その他：ドップ・スウィジー論争、増田四郎、林健太郎

　シルハート、マイネッケ、ゴルツ、マンハイム

こんな乱読状況のなかで卒業論文（一九五八年）に関しても、研究の焦点も確たるものは定まらず、準備も不十分なままであった。結局のところ、東独で出版されたＪ・ニヒトヴァイスの「東ドイツ農業におけるグーツヘルシャフト（農場領主制）の成立」なる書物を種本にして速成した。

ともあれ曲折の道をたどりつつ、「青春の蹉跌」を踏み越えながら、なんとか大学院進学もきまったことで（一九五八年三月）、ともかく研究の世界に乗り出していけるとりあえずの準備はできたのであった。それというのもおくれにおくれていた学業・研究に加えて、戦後の経済的困窮から、これ以上、郷里からの経済的支援は望めない状況にあったが、ともあれ奨学金と一定のアルバイトによって自活しようと思い立ったのである。

こうして学問研究の道へと踏み出したのではあるが、これまでの自分の歩んで来た道からまったく異質な純アカデミックな世界にのみ生きるわけにはいかなかった。それは、自分の「青春の蹉跌」を個人的な私的なレベルに閉じ込めるわけにはいかなかったからだ。その「青春の蹉跌」を生み出した思想なり思考方法なりに、どういう問題性をはらんでいたのか、そのことが離れがたくつきまとっていたからである。それは、とりもなおさず自分の思考方法とか問題設定の仕方とか、そうしたことにも思いをいたさざるを得なかった。ともあれ二〇代中頃の私には重荷過ぎる課題に不安をいだきながらの船出であった。学外活動から大学に復帰してから三年後、大学入学から数えれば七年後のことであった。

第二章 「特有の道」論からの脱却——「比較の視座」を求めて

日本・ドイツで『戦後』が「肯定的に」問われた意味

前章で戦後に近代史研究として大塚史学が脚光を浴びた事情について論じてきたが、そこには視点を変えていえば、『戦後』ということについて日本そしてドイツでは、欧米とは異なった特別な意味がこめられていたからであった。欧米では戦前とは第二次世界大戦があった時期であり、戦後はそれがたんに終わった時期であり、政治・社会体制は戦前・戦後にかけて基本的には同質的なるものが継続していたのであった。これに対して日本・ドイツでは戦前はそれぞれ天皇制ファシズムとナチズムという独自な体制のもとにおかれ、戦後はそれらが崩壊し、議会制民主主義という質的に異なった体制に新生したのであり、従って「戦後」を改めて肯定的に問う意味（逆にいえば「戦前」への批判）があったのである。その問いにどう応答するかは、戦前に生まれ、戦後に生きた者にとっては、自分たちがどう生きるかという問題でもあった。こうした戦後に対する心性は、「戦前」を否定的にとらえ、批判・糾弾する講座派・大塚史学に共鳴する「心性」と表裏一体の関係にあった。

ただし付言しておかねばならないことは、日本・ドイツでは「戦後」を肯定的に問うていくという共通性を帯びつつも、そこには相違にも着目しておかねばならなかった。すなわちドイツでは戦前にワイマール議会制時代が一四年間という短期とはいえ存在したことである。つまり「ワイマールへの回帰」として戦後を見る視点がありえたのである。そこに日本とは異なった戦前・戦後論がありえたのである。

会田雄次先生との出会い

ところで戦後を肯定的に問うということは、特定の思想潮流を浴びた人びとに限定された問題ではなかった。この意味で大学院にはいって心に残る最初の体験は、会田雄次先生との出会いであった。学部時代から会田先生の思想と人柄について知らないわけではなかった。会田先生は当時京大人文科学研究所の助教授で文学部西洋史研究室でも講義を担当され、よく出入りされていた。それで直接に対話――というより論争――をする機会が多くなった。一言にしていえば、私がこれまで対話したことのある誰とも異質な思想と人柄に直面したのである。先生の思想ないし発想は、当時、流布していたいわゆる左翼思想とは真逆のもので、しかも天皇制に対しても厳しい批判的言辞を発する、といった独特の色調を帯びていた。加えてヨーロッパ・ヒューマニズムに対しても手厳しい批判的言辞を吐かれていた。

そこでは私のマルクス・ボーイ的教養に対し真っ向う上段から対決をせまるものがあった。それは私にとっては、会田先生の論理の内容と語気の激しさとの両面で、まさに生涯で初めての体験であった。独特の右翼思想の結社＝一水会の鈴木邦男氏や戦前の北一輝的思想と直面している感があった。先生との対話——というより論戦——は、何かを学ぶというよりも、手持ちの反論の手立てを欠いた論戦に巻き込まれ、それによってマルクス・ボーイ的教養が練り直された。その意味で私にとっては貴重な鍛錬であった。先生がジャーナリズムで脚光を浴びるようようになってからは、先生が不案内な分野などの下調べめいた質問をしばしば浴びせられた。

ところで興味深いことに、この会田先生と本稿の主題の重要部分をなす大塚史学とのかかわりについて、こんなエピソードを聞いた。会田先生が敗戦後、軍隊から帰還し、神戸大学に就職した際に、同僚から「こんな本が出ているよ」といって、大塚久雄『近代欧州経済史序説・上』を見せられた。そのとき先生は強烈に新鮮な感激におそわれたという。「西洋史研究にも、こんな世界があったのか」と。それまで先生にとって、日本の西洋史学界はランケやマイネッケなどのドイツ正統史学の流れを汲む精神史的政治史が優越し、哲学的思弁に彩られた実証の世界のただなかに立っていたのだ。これに対して経済という歴史の基底から、イギリス近代化の過程を一貫した論理構成をもって解き明かし、戦後日本の歩むべき方向を示唆した「大塚ワールド」は、先生にとってまったく新しい世界が提示されていると感じられたのである。ここには戦後、大塚史学が若い研究者たちのなかを席捲した事情の一端を改めて垣間見せてくれた。会田先生が、若い美しい奥さんをつれてメーデーに参加したというエピソードも、京大西洋史研究室でよく話題になった。だが後年、この会田先生が「右派の論客」として「ヨーロッパ・ヒューマニズムの限界」なる主張を、論壇でかまびすしく論じるようになったのだから、その意味では先生には大塚史学への感激は一過性のものだったのだろう。

京大人文研共同研究会との交錯

会田先生との接触も機縁になって、京大人文科学研究所の共同研究会への参加の機会をえることになった。それは桑原武夫氏をトップリーダーにし、河野健二氏、上山春平氏らを核とする五〇名になんなんとする大研究会(一九六〇～六三年)で、「ブルジョア革命の比較研究」をテーマにしたものであった。そこには世界各国のブルジョア革命や近代的変革に関する研究者たちが集められた。これだけの多数・多様のメンバーであるので、さまざまな思考と発想が乱流していたのはいうまでもないが、ただし研究会の主導メンバーの間では講座派的ブルジョア革命論と大塚史学に対する批判とともに、それに対峙する理論と検証を目指していた。その見解のポイントは、せんじつめれば「明治維新＝ブルジョア革命」論であり、講座派や大塚史学の「明治維新＝絶対主義の成立」論への批判を世界史的視点から展開しようとしたものであった。

この研究会をめぐって忘れえぬことがある。この研究会で大塚久雄氏をまねいて研究懇談会をもったことがあった。私たち院生クラスも動員され、大いに「大塚史学批判」が展開されるはずになっていた。だが実際は、ひとりの大塚久雄氏の「防御線」を、数十人の包囲網によっても突破できずに終わった、というのが私の実感であった。たとえば高度経済成長という日本資本主義の現代の変貌を引き合いにして、大塚史学がそうした変貌には対応できておらず、資本主義の創成期に限定されている、といった批判に対しては、「現代の問題は自分の研究領域外である」とつっぱり通し、資本主義生成期の問題に守備範囲を設定して、まず防御線を明確に限定し、自らの精通した「戦場」に論争相手をさそいこんだ。そして、なにもまして学者大塚久雄がかもしだす雰囲気と気迫におされてしまった。まず和服に身を包み、松葉杖でしずしずと登場した大塚のたたずまいに、会場は一瞬、水をうったように静寂となった。そして「当時、世界資本主義の波頭に立っていたイギリス資本主義は……」といった得意のセリフを放射する熱弁に圧倒された感があった。あるいは「学者の品格」の違いであろうか。というよりも大塚史学が内在させている「戦前日本の天皇制と資本主義に対する根本的反省と批判」という同質の見地に、まずわれわれも立つことなしに、現代の時代状況の変化とそれへの対応を説くだけでは、大塚の防御線は突破できないことを見せつけられた想いに駆られたのである。

とはいえ、他方で一九五〇年代後半から顕著になりはじめた高度経済成長の波に対応し、近代日本の後進性とその歴史的遺産を強調する傾向からの離脱ないし修正も避けられないことであった。私自身、たとえばこの時期に東海道新幹線の計画と実施を知ったとき、日本の経済と社会がヨーロッパにおとらない新たな様相を帯びてくるであろうと予感させられた。その意味ひるがえって近代日本の後進性の一方的強調に違和感を覚えるようになっていた。その意味で桑原先生をトップ・リーダーにいただく京大人文研の共同研究会も、当時の社会的気運が学会レベルに投映したものだとは思った。だが、この研究動向が講座派や大塚史学という既成の学説への批判の役割を越えて、ポジティブな主張へと転じていったとき、「はたして、それでいいのだろうか」と躊躇を覚えるようにもなった。それは端的にいえば、一八世紀以後のイギリスや一九世紀初頭以後のフランス、明治維新以後の日本を同質の歴史状態としてとらえる人文研共同研究会の主流の見解に与することは、どう考えても不自然であったからだ。それは戦後の経済復興を急速に成し遂げつつある日本を背景に、「もはや欧米にも引けを取らない日本」を誇示しているかのように、私には思えたのであった。こうしたジレンマから脱却する方途を探求すること、これが、京大人文研の共同研究会のなかで私が考え続けねばならなかったポイントであった。つまり日本とドイツの近代は、イギリス・フランスのような議会主義的体制とは異なっても、英仏の近代以前の絶対主義とも異なった歴史カテゴリーにあるものとしてとらえることであり、その区別を適切な概念用語として表現することが求められていたのだ。

「二つの立憲体制」の提起

このジレンマの根本にあるものは、ブルジョア革命か絶対主義の成立かという二者択一の発想にある、と私は考えた。だから明治維新のように封建的武士階級の支配を終らせたが、議会主義を確立させず強大な天皇権限を持続させた場合には、講座派や大塚史学のように、絶対主義の成立と断じてしまえば、封建的武士階級の支配の終焉や資本主義経済への発展という側面を評価できなくなる。さりとて京大人文科学研究所派のように、明治維新をブルジョア革命と断じてしまうと、英仏のように議会主義を確立しえなかった事態を評価できなくなる。

そこで私は、封建制から資本主義・立憲制への移行における二つの類型を設定することを提唱した。すなわち英仏の場合には封建制から議会主義的立憲制へ、日本の場合には封建制から君主主義的立憲制へ移行・転換したと定義づけた。そしてドイツの場合も、日本と同様に君主主義的立憲制と分類した。こういう分類をすれば、日本・ドイツは立憲体制を確立しつつ、経済的には封建制から資本主義へと移行し、しかし政治的には強大な君主権が存続したことも矛盾なく説明・整理がつく、と考えたのである。

今日では、たとえば二一世紀に発刊された『シリーズ日本現代史』（岩波新書）を見ても、用語法は異なっているが、ほぼ同一の見解になっているように思う。たとえば、そのなかの「日本の近現代史をどう見るか」のなかで以下のように述べられている。

「他方、民権運動を弾圧した明治政府については、一九六〇年代まで、半封建的な専制権力という批判的な見方が主流を占めていましたが、それ以後は、短期的に独立した近代国家の基礎を固めた功績を強調する見解が次第に有力になりました。こうした評価の対立は、しかし、どちらが正しいというよりは、『近代』という時代の両面性として統一的に把握したほうがよいのではないでしょうか。」（二九～三〇ページ）

こうした見解が今日では前面に現れてきたのは、一九六〇年代を転機にして戦前・戦後を歴史的連続性においては把握し難い、新たな戦後的現実に直面するようになったこと、つまり激動の戦前・戦後は終わりを告げ、新たな戦後の形成を迎えていたことを物語るものであった。一九七〇年に、私は『比較近代史——日本とドイツ』（ミネルヴァ書房）なる小著を出版した。そこでは、四〇歳に達したばかりの歴史学会の駆け出しが、学会の大物・大先輩の所説を臆面もなく批判し、先述の二つの新概念（君主主義的立憲主義と議会主義的立憲主義）を提唱した。そのとき批判の対象のひとり上山春平氏は、拙著において同氏の「明治維新ブルジョア革命論」に対する声高な批判にもかかわらず、献本への応答の手紙で「この種の本としては、（諸説を）比較的公平に扱っており……」と冷静に評していただいたのが、印象深く心に残っている。

ドイツにおける「社会史学派」と「特有の道」論争

こうして日本における「近代史論争」は「峠」を越した感があった。すくなくとも私としては、英仏の近代と日本・ドイツの近代とを歴史段階の質的相違として峻別し、前者を「ノーマルな道」、後者を「特有の道」という運命的に固定化してとらえる見解とはたもとを分かったのである。

ところがドイツにおいては、日本とは逆にほぼこの時期＝一九六〇年代末・七〇年代初頭に「ドイツ社会史」学派なるものの登場が見られ、やがてこの学会潮流とイギリスの「社会史学派」との国際的な論争が展開されることになる。この論争の波がひたひたと押し寄せた七〇年代中頃、私は一年有半のドイツ留学の機会をえた。帰国とともにこの論争をフォローし、自分なりに組み立て直し、日本に紹介しつつ、日本における「近代史論争」をさらに再考することになった。

この論争のポイントをたどろう。ドイツ社会史派は、奇しくも私と同年の一九三一年生まれのハンス・ウルリッヒ・ヴェーラーを旗手として、学会主流の正統史学との激しい論争に耐え抜き、歴史学会に地歩を固めつつあった。それまでの正統史学は、歴史を主導するものは「内政」の有り様ではなく、対外関係であるという「外政の優位」の見地に立ち、加えて指導的政治家（典型的には一九世紀後半に君臨したドイツ宰相ビスマルク）の営みに焦点をおいていた。これに対し社会史派は、経済・社会・政治における諸力の作用＝「内政の優位」の見地に立っていた。日本における講座派や大塚史学とは、マルクス主義との距離感に大分、違いがあったが、その点をのぞけば、ドイツの社会史派はいわば日本における講座派や大塚史学に類似した立ち位置にあった。一九七〇年代中頃の当時すでにヴェーラーは数冊の著作を出していたが、大学図書館ではすべていつも貸出しとなっており、学生たちの人気のほどがうかがいしれた。

こんな空気に包まれていたころ、私はドイツ西南部のフライブルクにある軍事史研究所に、ドイツ海軍史研究者のW・ダイスト氏を訪れた。その際、彼は、イギリス社会史派の若手研究者ジェフ・イリーの学位論文『ドイツ政治（一八九八～一九一四年）におけるドイツ艦隊協会』（一九七四年）を推奨し、その分厚いコピーを提供してくれた。この書物が、イギリス社会史派とドイツ社会史派との「ドイツ特有の道」論争なる国際的論争に点火したひとつであった。

「特有の道」論争の分岐点

それでは、この論争のポイントはどこにあったのだろうか。ドイツ社会史派の主張はこうだ。彼らは、近代イギリスが正常な発展をし、経済における工業化とともに、政治・社会における民主化が手に手を取って進展したのに対して、近代ドイツでは工業化の進展にもかかわらず、政治・社会の民主化がおくれるという「ドイツ特有の道」を歩んだと主張した。これに対してイギリス社会史派は、近代イギリスが正常な発展をしたとはいえず、イギリスのブルジョアジーは革命によって自らが権力を握ったとはいえ、自由主義と民主主義を推進したわけではなかった、その課題は労働者や下層民衆によって推進されたのだと主張したのである。

こうした英独の社会史派の見解の分岐の背景には、マルクス主義に対する距離感に開きがあった。ドイツ社会史派にとっては、東独のマルクス主義と一線を画さざるをえないことが意識されていた。これに対してイギリス社会史派は、イタリアのマルクス主義者A・グラムシの思想を受容していたので、イギリス・ブルジョアジーがイギリス近代化の担い手という主張はとうてい受け入れ難いものであった。

ドイツ歴史家論争――比較はなんのためか

ドイツ留学から帰国後、イギリス社会史派の諸著作を、若い研究者仲間と協力して、いくつか翻訳・出版しつつ、この「特有の道」論争の紹介に精出していた頃、ドイツでまたまた新たな大歴史論争が勃発した。それは一九八六年にベルリン自由大学のエルンスト・ノルテの「過ぎ去ろうとしない過去」と題する論文によって引き起こされた「歴史家論争」と呼ばれるものである。ノルテの主張は、せんじつめれば以下のようである。すなわちナチスの蛮行は歴史的に類のないものではなく、スターリンやポルポド政権（一九七〇年代のカンボジア人民党の恐怖政治）による「階級殺戮」などもある。要するにナチスの蛮行は、ドイツ固有のものではなく、歴史上、同種の大量殺害との比較可能性をもったものである、という主張であった。

この主張をめぐり、社会哲学者ユルゲン・ハーバーマスなども加わり、マスコミまで巻き込んだ大論争に進展した。しかも論争過程で明らかになってきたことは、学術的なことにとどまらず、その政治的背景も浮かび上がってきた。西ドイツ（連邦共和国）は、これまでナチスの過去のゆえにヨーロッパ国際政治の片隅におかれてきた。しかし、いまや経済的にも大国となり、軍事的にも北大西洋条約機構（ＮＡＴＯ）の中枢的地位を占めるようになり、これにふさわしい歴史意識の形成を必要とするに至った。そのためにはナチスという暗い否定的なイメージを緩和しなければならず、そのためナチスの残虐行為も、ドイツ特有のものではなく、世界の歴史上しばしば現れた大量虐殺のひとつに収めようとしたのである。

このドイツにおける論争に関して、京都でおこなわれたドイツ現代史学会第一〇回大会（一九八七年）における脇圭平氏の発表は圧巻であった。このとき大会事務局として私がまとめた脇発言の一部を紹介しよう。

「私は元来、保守的な人間であるが、今回の論争ではハーバーマスに拍手を送りたい。……そこでは、なんのための現代史か、ナチズムとどう向き合って生きていくか、歴史学の役割はなにであるか、このことが問われている。」

そして脇氏は、質疑応答のなかで、次のように補足した。「自国の悪を他国の事例と比較するとき、しばしばドイツ人の場合には自己正当化となる。これがハーバーマスとしては怖いのだ。まずナチズムとその被害の一回性を確認しよう。これがボケはじめたことが、ハーバーマスをいらだたせたのだ。」

私は、脇発言に傾聴しながら、自分が長年かかわってきた複数の国の比較近代史の方法に思いを致した。つまり複数の国の近代史を比較するとき、そこには比較可能性と同時に異質性も共存し、逆に異質性のなかに同質性を見出すことも可能な場合もあるのだという自分の到達点を、逆にいえば「特有の道」論からの脱却を、改めて裏書してもらった思いがした。同時に、なにごとも比較の対象として取り上げ得るのではなく、なんのための比較なのか、その目的にふさわしい比較対象が設定されているかなど「比較の方法」が吟味されねばならないことをあらためて知らされた。「比較」は自己目的ではなく、なんのための比較なのかが、いつも意識されなければならないのだ。

ドイツ現代史研究会のこと

ところでドイツ留学から帰国したころ、私の研究環境が大きく変化したことにふれておかねばならない。それは一九六八年初頭に関西地域で生れた「ドイツ現代史研究会」のことである。これは発足時には、木谷勤、中村幹雄、末川清、野田宣雄、山口定、栗原優、豊永泰子、望田など三〇~四〇代初めの者八名(後年、研究会の「アルテ・ケンプファー」と別称された)による研究会であった。発足時に自由な研究会として、「だれびとにも呼びかけず、だれびとも拒まず」をモットーとして、学部・学派や研究方法の違いを超えた研究会たることを申し合わせた。ところで帰国してみると、数倍にも達するメンバーになっていた。大野英二氏を中心にした経済史関係の人びとや上山安敏氏を中心とした法制史関係の人びとなどが合流・参加するようになり、やがて三桁に達する大所帯になっていった。

加えて研究会は、西川正雄氏を中心とした東京方面のドイツ現代史研究者たちとの合宿交流も重ねるなかで、やがて「ドイツ現代史学会」の名称のもとに、年に一回の全国的な研究交流もやるようになった。ちなみに、この全国研究大会への案内状は三〇〇通を超えていたように思う。なお二〇〇八年には、関西の研究会は「ゲシヒテ」なる研究年報誌を発刊するようにもなった。だが、創立期のメンバー八名もいまや半数が死没し、運営の中心メンバーもなんども世代替わりに至っているが、いまもって私にとって研究会は研究の姿勢や精神の故郷であり続けている。

さて、これまでどちらかといえば、これまでの近代比較史に対して、方法的なことばかりに関わってきたが、たとえば日本とドイツに関して、何を、どのように比較するか、それによって、どういうことがわかってきたかを語られねばならない。次章の課題としたい。

第三章　比較教育社会史への道

「封建的ユンカー中心のドイツ近代史像」からの脱却

一方に後進国の日本・ドイツ、他方に先進国英仏という戦後、通念化した比較史の視点からの脱却をどう図るか、この点について考えあぐんでいたが、そのポイントは近代ドイツ史を、封建的ユンカー（地主貴族）中心という発想から転換することであった。この点で、一九七五年からのドイツ留学にあたって、まだユンカー中心の研究の枠組みを越えたテーマを意識化できていなかったが、ドイツ近代軍隊史に焦点をおいていたことが結果的に幸いした。

それというのも留学にあたって、ドイツ軍隊の核心ともいうべき将校団の研究を志した。ドイツ将校団の支配的な出身階層がユンカーであったので、そのかぎりでは当時、流布していた発想の枠を越えてはいなかったが、皮肉なことに、このことが新たな研究方向を切り開くきっかけを生み出したのである。

それは、将校団の出身階層（出自）を調べていくなかで、以下のことに出会った。すなわち一八六一年に、それまで貴族出身という「身分」が将校の任用資格とされていたことが、アビトゥーア（大学進学資格）という教育資格がそれにとって代わるようになった。いわば将校の任用基準が「封建的身分」から「近代的学歴資格」へと転換したのである。これまで近代化におけるドイツのおくれの「鍵概念」として、国家の二大支柱である官僚と将校がユンカー・貴族出身者に独占的に支配されていることが強調されてきた。ところが、いまや私の頭脳には「アビトゥーア」という近代的学歴資格を軸に構成されている近代ドイツ史像が点滅しはじめたのである。

教育資格という視点から見えてきた近代ドイツ史像

ここで理解を鮮明にするために、アビトゥーアという教育資格とそれがどういう意味をもっていたか説明しておきたい。ヨーロッパの学制はおしなべて複線型である（アメリカは単線型）。ドイツの場合でいえば小学校四年でギムナジウム（進学系中等学校）コースと実学系中等学校進学コースとに、親と教師によって選別されたのである。その進学コース＝ギムナジウム（九年制）の修了資格としてアビトゥーアなる資格があたえられ、それが大学入学資格となったのである。いったん選別されたコースは基本的に中途で変更できなかった。ちなみにアメリカの場合は小学校⇩ハイスクール⇩大学という単線型であり、イギリス・フランス・戦前日本はドイツと類似の複線型であった。

しかも、このギムナジウムの教育内容の特質は、すでに「死語」となって日常語としては使われていないラテン語・ギリシア語という古典語の学習が主柱となっていた。この古典語に親しみを覚える環境にあったのは、父親が大学卒業者の家庭であった。ちなみに一九世紀末・二〇世紀初頭で、大学進学率（同一年齢層におけるギムナジウム卒業者＝アビトゥーア取得者）は、同一世代の三％を切っていた少数エリートである。職業階層的にいえば、アビトゥーア取得者（大学進学者）は、官僚・法曹、聖職者、医者、学者・ギムナジウム教師などの大学卒の知的エリート層（商工業市民層の対語として教養市民層といわれた）の出身者が支配的であり、彼らによって官僚・将校はともに独占的に供給されるようになっていた。

このような認識を出発点にして、中等教育のシステムとその社会的役割という視点から国際比較をおこない、そこから社会と文化の有り様を明らかにしていく方法が浮かんできた。ドイツから帰国後に、ドイツのギムナジウム、イギリスのパブリックスクール、フランスのリセー、アメリカのハイスクール、ロシアのギムナジア、日本の旧制中学・高校それぞれの研究者を糾合して、「近代中等教育の構造と機能」の共同研究会を組織した。

以上に概観したような研究調査のなかで、従来のように、ユンカーを中心において、近代ドイツの封建的性格を解明することに重心をおくのではなく、近代ドイツ社会を教育資格による職業資格の取得というメカニズムを通してとらえる道（研究方法）に開眼したのである。

近代資格社会論（教育資格と職業資格の接合の社会）の構築

今日のドイツでも大学卒業者が就職活動をするにあたり、分厚い「就職ガイドブック」があるが、そこには実に膨大な職種それぞれが、特定の学歴と特定の職業実習・職業資格と接合されて形成され、こうした方式の職種別の膨大な束でおおわれた近現代社会の様相が点滅している。この点でドイツは徹底した「資格社会」である。

こうした視点から近代ドイツを素材に以下の二冊の共同研究の成果を出版した。まず『近代ドイツ＝「資格社会」の制度と機能』（名古屋大学出版会、一九九五年）は、公職資格（官吏・大学教授・中等教員・女性教員職・聖職者）と非公職資格（弁護士・医師・化学専門職・商学士・手工業者）それぞれ五種類のエリート的職業をあつかっており、次の『近代ドイツ＝資格社会の展開』（名古屋大学出版会、二〇〇三年）では、非エリート的職業を扱っている。エリート的職業の場合には、早くから整備された官吏制度をモデルとして制度化されたのに対して、後者の非エリート的職業の場合には、中世以来のツンフト（ギルド）制度をルーツにもつものが多い。この二つの著作を通じて、近代ドイツ社会におけるエリート・非エリートそれぞれの職業世界の編成状況とその特徴を明らかにすることができた。

　こうした共同研究を通じて、それまで慣れ親しんできたものとは異なった概念・用語の世界にどっぷり浸かることとなった。主なものを挙げれば、文化資本（学歴・教養水準など）、教養市民層（商工業＝実業市民層と対比される）、複線型分節化（一方にエリート教育と非エリート教育といった教育システムの分岐と、他方に社会階層上のエリートと非エリートの分岐、この二つの分岐の相互連関の構造を表現する概念）、教育システム（大学進学コースと非進学・実業コース、さらには女子教育コースといった分岐と、初等・中等・高等といった階梯化との総合的連関を示す概念）などである。これらの諸概念を駆使しつつ行われる近代社会の再構成の作業は、かつての講座派・大塚史学の手法とはまったく別世界の感があった。

　こうした諸概念をもちいた新たな研究も、内外において目を見張るような広がりを見せてきた。そのあらわれの一端を紹介すれば以下のようである。

D・K・ミュラー他『現代教育システムの形成』晃洋書房（原著、一九八七年）

F・K・リンガー『知の歴史社会学』名古屋大学出版会（原著、一九九二年）

同『読書人の没落』名古屋大学出版会（原著、一九六九年）

コンラート・ヤーラオシュ『高等教育の変貌一八六〇―一九三〇』昭和堂（原著、一九八三年）

野田宣雄『教養市民層からナチズムへ』名古屋大学出版会、一九八八年。
西村　稔『知の社会史』木鐸社、一九八七年。

「戦後と現代」への問い方の変容

こうして、私は戦後初発の頃の社会経済史から、がらりと様変わりした比較教育社会史の分野に大きく転戦することになったが、この新たな研究動向を組織的にも定着させるという願いもあって、私が同志社大学を定年退職するにあたって、その区切りとして知友たちの協力を得て二つの企画を実行した。第一は、二〇〇一年度文化史学会大会でシンポジウム「比較と関係の歴史学――近代日本とドイツ」を行うことであった。その際にシンポジウムに二人の畏友に出馬を願った。一人は日本近現代史の木坂順一郎氏（龍谷大学名誉教授）であり、もう一人は政治学・ドイツ現代史の山口定氏（大阪市立大学名誉教授）であった。木坂氏は私と大学入学同期であったが、大学院を名古屋大学で講座派のオピニオン・リーダー信夫清三郎氏に学び、のちに講座派からの脱却に苦闘された体験をもち、私とは名古屋と京都と空間的には離れつつも、暗黙のうちに学問・研究キャリアの面でまさに共同のフロントに立ち続けて来たのである。山口氏は関西でともにドイツ現代史研究会を一九六八年に立ち上げて以来の盟友であり、舌鋒鋭く理論立てされた論陣にいつも励まされてきた。お二人とも私の退職記念シンポジウムの報告者には格好の人びとであった。これの記録は、六人の若い寄稿者の論文とともに『近代日本とドイツ――比較と関係の歴史学』(ミネルヴァ書房、二〇〇七年)にまとめられている。

もうひとつの事業は、「比較教育史研究会」なる研究集団の立ち上げである。これは中等教育史の共同研究に携わってきた人びとなどで発足したが、実質的には橋本伸也氏や東京の広田照幸氏などの現役世代が中心であった。この研究会は、今も健在で、『叢書・比較教育社会史』の刊行も続けているが、いまでは三世代目の若い世代によって運営・推進され、全国的なネットワークの広がりを持つに至るとともに、扱う問題の領域もヨーロッパの枠を越え、イスラム圏にまで広がり、大きく様変わりしてきている。その背景には、近代化や経済成長という問題とともに、グローバリゼーションの巨波に世界がおおわれる事態が到来し、「戦後と現代」を問うという問題自体が、戦後派初代の私たちと、同じ戦後派とはいえ二代目、さらには三代目……を迎える今日では、大きく変貌しているからであろう。

〈付論〉

追想　木谷勤さん──木谷史学の心性と『讃岐の一豪農の三百年』

1　教養主義を体現する最後の世代

木谷さんは一九二八年生まれで、私とはわずか三歳しか違わないが、生い立ち、教養目録、性格などいろんな点で、一言でいえば「心性」とか「パーソナリティー」の点での違いを、木谷さんに接するたびに感じて来た。そこには、わずか三歳という年齢差が大きく影響していた。つまり木谷さんは旧制第六高校理科から方向転換して東京大学文学部へと進学し、教職としては福井大学、大阪教育大学などを経て、名古屋大学の文学部教授を定年退官後、大阪国際大学教授で終わられた。ちなみに弟さんの収氏も東大農学部に進み、母校東大の農学部教授になられた。三歳下の私は旧制高校への強い憧れをいだきつつも、戦後の学制改革の大変動のなかで、その憧れを満たすことができなかった（私は旧制中学四年から新制高校二年に編入された）。

この旧制の高校・大学を体験したことは、それを体験できなかった世代と比較した時、教養的心性において独特なものをもたらしている。私の故郷の甲府のような田舎都市でも、休暇となると一高をはじめ近隣の旧制高校に進学した先輩たちが帰省してきて、母校の後輩をまえにしてドイツ哲学やらマルクス主義などをドイツ語まじりにとうとうと論じるのにしばしば接した。この異質性を、ほぼ同世代であったにもかかわらず、木谷さんと会うたびに感じてきた。私が木谷さんと親しく接するようになったのは、一九六八年初頭に、関西にドイツ現代史研究会が結成されてからである。参考に創立メンバーを列記すれば、木谷勤、中村幹雄、望田幸男、末川清、野田宣雄、山口定、栗原優、飯田収治、豊永泰子の九名であり、旧制高校出身は木谷と中村だけであった。最年長の木谷さんが当時四〇歳だったから、いわば三〇歳代の結集だったといえよう。

さて、木谷さんとの距離感を旧制高校の体験の有無に求めてきたが、それは内容的にいえば、大正時代からの旧制高校を発祥とする「大正教養主義」といわれているものにほかならない。この問題については、ドイツ近現代史の畑では、つとに野田宣雄や私などのドイツ教養市民層研究との関連で意識されてきたが、日本の教養主義については、二〇年ほどまえから教育社会学者の竹内洋氏などによって精力的に『学歴貴族の栄光と挫折』や『教養主義の没落』などの著作で紹介され注目されてきた。この流れは、竹内氏の著書の表題からもうかがわれるように、いまや「教養主義の没落」の時代となり、いわばその「挽歌」を奏でているものであった。

この教養主義の制度的支柱は言うまでもなく旧制高校・旧制大学であったが、その制度的支柱を失っても、大学の教員層や学生のなかの「教養主義憧れ世代」ともいうべき層によって、一九七〇年代までは、大学のなかに生きていた。しかし、それ以降は実学主義・実用主義の大波のなかで、衰退していった。木谷さんは、このような歴史的境位に立ち至ってきた「教養主義を体現する最後の世代」を飾るひとりだったといえよう。

このことは、後述するように、木谷さんのドイツ近現代史研究、というより歴史学的関心そのもののあり方にも影響していた。

2　四国のユンカー

次に着目したい点は、旧制高校への進学者のなかで有力な階層が地主層であったことである。この点については、木谷さんが亡くなられる四年前に刊行された『讃岐の一豪農の三百年――木谷家と村・藩・国の歴史』[1]の出版事情とも関連して、立ち入って後述するつもりである。

木谷さんがまだ福井大学に勤務されていたところ、日本西洋史学会の席上で木谷さんにおかいする機会があった。末川清君に「あれが木谷さんだよ。隻腕の人だ」とささやかれた。当時、私にとって木谷さんは「ユンカーの研究者」というイメージであり、四国の大地主の家系であることも仄聞していた。末川君に「四国のユンカーの末裔が、ドイツのユンカーの研究をやってるわけだな」と駄洒落めいたことをいった。加えて木谷さんが敗戦間際に、郷里高松の空襲の惨劇のなかで、左腕に焼夷弾を受け、瀕死の重傷を負われたことを知ったのも、この頃のことであった。

こうして木谷さんに対する私のイメージは、(一) 教養主義の最後の世代、(二) 四国讃岐の「ユンカー出身」、(三) 戦時中の青春期に生命の危機にさらされた苛烈な試練をくぐり抜けてきた人、こうした三つの特色の重なり合いによって形成されるに至った。ここで「木谷史学の心性」といういささかもってまわった表題をかかげたのも、これら三つの特色の連関のなかで、木谷さんというひとりの人間の営みとしての「木谷史学の有り様と特質」を考えてみたいと思ったからである。

この意味で、通常の学説史や研究史あるいは論争史の流れのなかで、木谷史学がどのような位置と役割を果たしたかを論じるという手法とは、本稿は縁遠い。というよりも、このような問題の立て方をあえてしたのは、いずれ木谷さんの後を追う日を迎えようとする私にとって、自分のやって来たドイツ近現代史研究なるものが、個々の個別実証や理論立てがどうであったかよりも、その営みが、自分の人生にとってどういうものだったのかを、折々考えさせられる今日此頃であるからである。

3 「木谷史学の心性」

では、以下において「木谷史学の心性」をさぐるという視点から、いくつかの特徴点を挙げ論じてみたい。第一の特徴は、木谷さんのお仕事の特徴は、限定された特定のテーマに関する論文（いわゆる雑誌論文）に事欠くわけではないが、むしろ学会動向や論争テーマのさまざまな変遷に即して、それらの多くに関していちはやく論じている点である。日本と違ってドイツの歴史学会では戦後、全国的な大論争がくりかえし重ねられてきている。木谷さんは、それらの論争の発生のたびごとに、紹介にとどまらず、それらの論争の柱になった著作や論集などの翻訳紹介をされている。いわば「現地の声」に率直に耳をかたむけられたのである。たとえば一九九〇年代末にドイツ歴史学会における「過去の克服」をめぐり学会挙げての大論争が起こったが、木谷さんはこの論争のピークとなった「第四二回ドイツ歴史家大会」にも出席し、その衝撃と主要論点を論じた論集を翻訳紹介する役割を果たされた[2]。

これは一例であるが、同様な役割とお仕事を、ドイツ歴史学会におけるその他の諸論争に関しても、木谷さんは果たしておられる。しかも、総じてその際の特徴は、自己の主張を前面に出すことよりも、論争点の客観的な整理に意を用いられている、と私は読み取っている。いわば、論争されている諸問題について、可能な限り広く客観的に様々な角度から整理し紹介することを心掛けておられる、というのが私の強い印象である。

第二の特徴は、つねに歴史的諸問題を現代史的関心との関連のなかで意識し考えておられている点である。あるとき木谷さんが山川出版社から『世界現代史』[3]の依頼をうけていることが話題になった。私が「えらいものを引き受けられましたね」といったところ、木谷さんも「本当にそうだよ」と笑いながらいっていたが、その後、断る気配はみせなかった。第二次世界大戦勃発までならまだしも、戦後も冷戦の終了からグローバリゼーションの展開まで説き及ぶと聞いて、私はますます「えらいものを引き受けられた」という感を深めた。

だが木谷史学にとっては、一九・二〇世紀に生起していた問題が、結局、今日どうなっているかを見届けるのが「現代に生きる歴史家」としては、突き止めておかねばならないことであった。実は、私は長い間、居住地周辺の人々（主婦や年金者、作家、元教師など）と読書会をやっているが、最近まで木谷さんの『世界現代史』をテキストにしてきた。最近、二年間かかってやっと読了ということになった。参加者の多くにとって、テキストに盛られた諸事実――とりわけ戦後史の諸事実ははじめて聞かされたということが、どんなに多くあったことか！　読了して、ため息交じりの読書会メンバーを眺めながら、私は、現代世界の流れと特質まで視野に入れながら思考する木谷史学の「心性」に思いをめぐらしたのであった。

4 『讃岐の一豪農の三百年』

さて最後に本稿のサブ・タイトルに掲げた『讃岐の一豪農の三百年』に関連した論述に進もう。本書は二つの特徴をもっている。第一は木谷家のルーツを三百年までさかのぼって、その後の変遷をたどっていることである。そのルーツの初発の姿容は「瀬戸内海に盤踞した水軍」であった。それが江戸時代には讃岐の豪農として定着し、明治維新まで存続する。以後、寄生地主・不在地主へと転成していく。そして戦後は農地改革にともない財を失う。大筋でこうした変遷を縦軸に、それぞれの各時期における具体像が描かれている。

木谷さんがこの著書を世に問われたのには、いくつかの理由がある。それは「木谷家文書」をはじめ、いわば木谷家に関する基本的な史料が保存され、さらに郷土史家などによる整理が進行し、木谷家の家系史を描ける土台が出来ていたことがある。そして、これらの史料を用いて家系史を描くべき役割が木谷さんに期待されたのである。木谷さんは折々、こんなことを漏らされていた。「日本史研究者に比べれば、われわれ西洋史家がやっている史料の扱い方は児戯にひとしい。一度、日本の史料を本格的に使って日本のことを描くことをやってみたいものだ」と。本書は、いわばこのような木谷さんの宿願と心意気の発露である。

同時に、この著書をまえにしたとき、すでに触れたところであるが、木谷さんのドイツ史研究がユンカー研究と密接に関係してきたことを想起せざるをえない。このことは、二〇一三年の木谷さんの論考「戦後日本のドイツ近現代史研究――私的体験と展望」[4]に如実に現れている。そこには、戦後ほどなく「大塚史学」の興隆のもと、木谷さんの一貫したテーマが、「ユンカー・ブルジョア国家」におけるユンカーの果たした役割の探究であったことが語られている。しかも、その作業は、新資料をワシントン公文書館からとりよせたマイクロフィルムにもとづいて行われ、さらに一九六三～六五年のドイツ留学で、一次資料の幅広い利用によって深化され推進された。『豪農三百年』は、こうしたユンカーに関する日本人研究者木谷さんと交錯する。

『豪農三百年』を贈呈していただいた返信に私は書いた。「四国のユンカーの出身者が、とうとう本格的な家系史として四国のユンカーを自ら書くという年来の宿願を果たされましたね」と。この宿願を果たすために、木谷さんは郷土史家や日本史家によって古文書の読み方の手ほどきまで受けている。こうして彼の執念は、死の四年前に実ったのであるが、ドイツ史としてのユンカー研究の長い旅は、木谷史学の心性としては『讃岐の一豪農の三百年』に通底していたし、その到達点に達したことで終わりを告げたのである。

（1）木谷勤『讃岐の一豪農の三百年――木谷家と村・藩・国の歴史』刀水書房、二〇一四年。

（2）P・シェットラー編（木谷勤・小野清美・芝健介訳）『ナチズムと歴史家たち』名古屋大学出版会、二〇〇一年。
（3）木谷勤『山川世界現代史』山川出版社、二〇一五年。
（4）木谷勤「戦後日本のドイツ近現代史研究――私的体験と展望」『ゲシヒテ』第六号、二〇一三年、六四 - 七〇頁。

第四章

忘れえぬ同志社の人びとと戦前・戦後

住谷悦治先生と田畑忍先生

ドイツ近代史研究という領域からは離れるが、私の戦後を語るうえでは欠かすことができない「忘れえぬ同志社の人びと」について述べておきたい。

まず住谷悦治と田畑忍のお二人を挙げたい。それぞれ総長と学長の任につかれており、教職員組合連合の書記長であった私は、当局側のお二人とは春闘の団体交渉の場でお目にかかった。

住谷総長は、大正デモクラシーの波しぶきを浴びた戦前からの「民主主義の旗手」であり、田畑学長や末川博立命館総長と並んで、文化・知識人戦線における蜷川民主府政の支柱であった。いくどか住谷先生の講演に接する機会もあったが、そこでは古代ギリシャ・ローマから説き起こし、下っては戦前の非戦の体験に至り、最後に現代の平和と人道に説き及ぶ壮大な大演説に接したものであった。大知識人とはこのようなものかと感じ入ったものであった。

ところが、この大知識人住谷先生に、私は大失敗ともいうべき言動を吐いてしまったことがある。それは、春闘における賃金交渉の場であった。そこに住谷先生は当局側の一員として出席されていた。そして当局側の回答を組合側に通告・説明することになっていた。そのポイントは、組合側の要求を相当に下回った当局回答を通告しつつ、学園法人の財政状況への理解を求めるものであった。

先生は用意されて来た文章を涙を流しつつ切々と読まれたのであった。その場には多くの組合員たちも動員され、とりわけ中学高校関係から少なくない猛者や論客も居並んでいた。だが住谷演説はそれらの組合側の猛者連中もしゅんとする沈黙の淵に追い込んでしまっていた。組合連合書記長であった私はあせった。このままでは当局側に押し切られる！　しばしの沈黙の静寂を破って、私は咆哮した。「総長！　貴方の誠意はわかった。だが、あなたの涙は金になりません！」と。一座にはちょっとした「笑い」が走った。そして猛者連中の沈黙も解け、反撃の声も開始され、結局、団交はとりあえず「仕切り直し」ということになった。

それからかなりの日々が過ぎてから、学外の民主運動に関連した相談事があって、十名弱ほどが総長宅に集うことがあった。総長は、私の顔を見たとき、「君はひどいことをいうねえ」

といわれた。顔はちょっと笑っておられたようだった。

さて田畑忍先生であるが、住谷先生とは打って変わって、ご自分の意志と見解をこうと思われたら断固、主張続けられる方であった。よくご自分の意志を貫徹されるプレーとして「ハンガーストライキ」を敢行されたという。組合との団交の場においても、突然、立ち上がって、しかも当局側に顔をむけて「理事長！　私は組合の意見に賛成です。」と言い放つシーンもあった。

あるとき、この田畑先生にキャンパスで出会う機会があった。先生はいわれた。「君、文学部だそうだね。法学部に来なさい。私を応援して下さい。」私は驚いた。「法学部には井ヶ田良治先生もおられるではないですか」と私は言った。先生は言う。「いやダメです。井ヶ田君はカーブを投げる人です。剛速球を投げなきゃダメです。」井ヶ田さんはもっともスジをきちんと貫く人と私は確信していたので、この田畑評価に組するわけにはいかない、私は早々にその場を退散した次第である。お人柄としては住谷先生とは対照的というべきだろう。

それにしても同志社生活は、興味津々、楽しく過ごせそうだと私は思った。

井ヶ田良治さん　井ヶ田さんは、私とあまり年齢差はないが、この人となら、行為をともにしてもいいとひそかに心中、決めていた人である。彼は、京都の憲法運動を中心に民主的諸運動の多くに関わりをもち、学内でもそうであった。私が井ヶ田さんに信をおいたのは、私が判断に迷ったとき、相談し打開策の手がかりを得ることのできる人であったからである。私が答えに窮した問題――主として学内の行政上の問題、学外の運動上の問題など――が発生した時、電話で彼に相談を持ちかけることが多かった。それは、彼がいつも適切な回答をもたらしてくれたからではない。それはこういう意味だ。

彼は、問いの対象に関して生じ得るさまざまな可能性を列挙し、それぞれについて、予想される事態を枚挙してくれる。電話などで問うたときには結構、長電話になる。だがその長電話をじっと聞いているうちに、私が決断すべき選択肢がほぼ明らかになってくる。そこで私は「わかりました。そこから先は私自身で考えてみます。」といって終わる。井ヶ田さんは、私にとって「問いに対する最高の応答者」であったという意味ではなく、予想され直面するであろう問題点を整理してくれるからである。そして結果的には私が自力で問いを解く下ごしらえをしてくれるからである。その意味で井ヶ田さんは、私にとって「最適最高の相談相手」であったが、昨年、世を去られた。

鶴見俊輔さん　鶴見さんとは個人的に深いお付き合いをしてきたわけではない。しかし丸山眞男氏とならんで、私が若いころからその著作を通じて啓発されてきた人であった。以下の文章は、二〇一五年七月二〇日に鶴見さんが亡くなられたのに接し、雑誌『季論21』三〇号の「巻頭言」に「私的追想」と題して掲載したものである。鶴見さんはたんに「忘れえぬ同志社の人びと」というよりも、私の生涯を通して「忘れられない人」であった。

さて同志社大学に赴任してから35年間が過ぎ去り、いよいよ退職することになったが、退職にあたり最後の文学部教授会で、「退職の弁」をすることになった。その際、もっとも想いと感情をこめて吐露した言葉は以下のようであった。

「同志社を去るにあたって、私は最も感謝していることは、同志社は本当に自由であったということです。どんな言動でも、だれに遠慮することもなく、自分の意見や想いを曲げることなく発言できたことです。もし来世というものがあるとすれば、そしてまたふたたび大学の教師になりえたとしたら、私は同志社の教師になりたいと思います。」

鶴見俊輔さんへの私的追想

去る七月二〇日、鶴見俊輔さんが亡くなられた。私は、鶴見さんとは九歳違いだが、さほど個人的に接触の機会があったわけではない。鶴見さんも私もかつて同志社大学に在職していたが、一九七〇年代の後半の数年間だけ、同じ文学部に所属し、教授会で当時の大学紛争をめぐり論争相手になることはあっても、私的に話を交わすことはほとんどなかった。そして社会的な活動の面でも、最近「憲法九条京都の会」で、たまにお会いする程度であった。だが実は、私は若い頃から自称「鶴見ファン」である。

私は昭和一桁生まれによく見られるように、早咲きのマルクスボーイで、高校時代に民主主義学生同盟に加入したり、民主主義科学者協会の手伝いをしたりしていた。また鶴見さんたちが創刊した『思想の科学』にも接し、「本物のプラグマティズム」とはこのようなものなのか、と考えさせられた。

一九五一年、京大文学部に入学するとほどなく、学生運動から、やがて学外の政治的社会的運動にのめりこんでいった。そして「極左冒険主義時代」の惨たる体験ののち、一九五五年七月の日本共産党の六全協を経て、大学に復帰した。私的生活としては四年前への復帰であったが、四年間の「負」の体験をどう考え、どう整理し、どう再出発するかに迷いと苦悩の日々が続いた。

＊　＊　＊

そのようなただなかに立っていたとき、久野収・鶴見俊輔著『現代日本の思想――その五つの渦』（岩波新書、一九五六年）が出版された。それは全編、目を見開かされる思いで読んだが、とりわけ第二章の「日本の唯物論――日本共産党の思想」は、迷いと苦悩のなかにあった私にとって、まさに一条の光ともいうべきものであった。

それというのも、政治方針のレヴェルでは一応の方向転換として理解しつつも、人間の思考や人生の生き方をふくめて、解明されるべき根本的な問題が残されていたからであった。とりわけ、その「負」の方向を生み出し、またそれに無批判に追従した思考の根底になにがあったのか、再びくり返さない歯止めをどこに求めるべきか、こうした一連の問題は、自分自身の思考によって応答しなければならなかった。二十代半ばにも達していなかった私にとって、あまりに手に余る問題を抱え込んでいたさなかに、鶴見さんの論稿に一つの決定的な応答を感じ取ることができた。

「日本共産党の思想」というサブタイトルを付された第二章に関しては、その一部はよく知られている。その一部とは、日本共産党の特質として非転向性について述べた叙述に続いて、以下のように書かれている箇所である。

「このように、すべての陣営が、大勢に順応して、右に左に移動してあるく中で、日本共産党だけは、創立以来、動かぬ一点を守りつづけてきた。それは北斗七星のように、それをみることによって、自分がどのていど時勢に流されたか、自分がどれほど駄目な人間になってしまったかを計ることのできる尺度として、一九二六年（昭和元年）から一九四五年（昭和二〇年）まで、日本の知識人によって用いられてきた。」

そして、このことが戦後知識人のなかで共産党の威信を高めた要因であるとされている。

＊　＊　＊

以上のことはよく引き合いに出され、喧伝もされているので、改めて紹介する必要はないほどである。だが、これだけの指摘であったなら、私を熱心な「鶴見ファン」に導くことにはならなかったであろう。そもそも、この第二章における鶴見さんの主要な主張が、以上の引用文にあると考えられているとすれば、それは誤解であり、部分をもって全体に代える牽強付会というそしりを受けるであろう。というのも第二章は全体としては、鶴見さんによる日本共産党への「賛歌」というよりも、「批判」と評すべきものであるからだ。それでは、その批判とはどのようなものであったのだろうか。

それは主として戦前の共産党に関する論及であるが、思考方法というレヴェルでは戦後にも引き継がれているものとされている。その批判のポイントは、以下のようである。
・まず原理とか本質とかについての思想のレヴェルで世界をとらえ、それから構造、さらに現象の段階におりてくる。逆の言い方をすれば、現象に照らして構造・原理・本質を検証するという、「検証可能の領域」にひきもどして考えることの希薄さを突いている。
・国民大衆を支配していた国家主義の思想の根深さを測定することに不十分であった。
・世界史全体についての見とおしは唯物論であったが、細目については唯物論的見解を欠いていた。……学生や知識人だけを相手にするときはともかくも、社会人一般を相手にするときには、生活の細部にわたって現実認識をきそわねばならない。生活面の細部にわたって唯物論的な認識をきたえることは、日本共産党員にとっての今後の課題であろう。
これらの批判点は、せんじつめていえば、理論や方針を現実と実践に照らして検証する志向性の不足を突いたものといえよう。「極左冒険主義時代」の実践をめぐり迷いと苦悩のなかにあった私にとって、この批判は骨身にこたえた。同時にここから、その後の学問的思考方法や生き方に確たる「手がかり」をあたえてくれたのである。「再出発」にむけての大いなる「最初の一撃」となった。

＊　＊　＊

だが、ここまでで稿を終わったなら、「鶴見ファン」としてはフラストレーションが残る。

日本共産党における思考方法への以上のような批判のあとで、鶴見さんは次のような文章をもって、この章の末尾としているからである。

「以上の批判は、すべて今後に望むべき言葉としてのみ正当であるように思われる。家からうしろがみをひかれる思いに屈せず、日本の国家権力にむかって正面から挑戦しつづけた思想集団は、昭和年代に入ってからは、日本共産党以外になかったのである。私たちは、思想を大切なものと思うかぎり、日本共産党の誠実さに学びたい。」

鶴見さんは、こういう文章を書ける人だったのである。鶴見さんは対象に対して、厳しく批判的姿勢を貫きつつ、同時に内側からのやわらかい理解力を兼ね備えた人として、私を若い頃から「鶴見ファン」にしたのである。

和田洋一『灰色のユーモア——私の昭和史』によせて

はじめに

最近、和田洋一『灰色のユーモア—私の昭和史』（人文書院刊）が再刊された。著者は、一九六〇年代から七〇年代にかけて、同じ同志社大学文学部の教員として「大学紛争」をともに体験し、その後も京都のさまざまな民主運動の場に同席した大先輩である。今回再刊された本書には、一九五八年に発刊された著書『灰色のユーモア』と一九七〇年代に書かれた二つのエッセイ「私の昭和史」「スケッチ風の自叙伝」が収録され、これに同じく同志社大学文学部の同僚であった鶴見俊輔氏の「亡命について」とともに、和田氏のかつての新聞学科ゼミ生であったノンフィクション作家保阪正康氏の「注解」が付加されている。

本稿では、この書物に関する読後感を綴りつつ、戦時下の治安維持法のもとで、知的良心的で非戦・反ファシズムの見地に立ちつつも、けっして「いわゆる闘士」でも、また「唯物論」を呼号する者でもなかった、ひとりの知識人の思考と生き様をあらためて考えてみた。

一　「灰色」と「ユーモア」が交錯する戦時下の回想

戦時下の治安維持法のもとにおける知的良心的知識人の回顧談といえば、一方では戦時下の弾圧法の無法さや苛烈さがきびしく糾弾され、他方ではそのなかで苦悩する知識人という構図が浮かぶ。ところが本書の読後感からは、そうした構図も思い浮かばないわけではないが、むしろ『灰色のユーモア』というタイトルがかもしだす絶妙のセンスに惹き込まれた次第である。この点を論じることが本稿におけるポイントとなるので、著者の描写にすこし立ち入ってみよう。

この種の問題を論じる場合に、とくに私のような昭和一桁生まれで、戦後ほどなくの頃、思想形成のしぶきを浴びた者にいちじるしいのだが、そこに独特の感性がある。それは「獄中一八年」の影響であり、徳田球一・志賀義雄が獄中一八年間を「非転向」で、思想的・政治的節操を貫き通したという伝えが、闇夜を照らす灯台のように語られた。そして、その周辺にはすくなくない転向・背信・裏切り・挫折、そしてそれらに対する良心の痛みと苦悩といった物語が続く。その過程には小林多喜二や岩田義道のように拷問の果てに虐殺された悲劇が点滅され、暴虐非道への怒りをかき立てられる。ざっとこんな光景が浮かんだものである。

『灰色のユーモア』を紐解いていくと、以上に述べたような定型化されたイメージとは違った風景が展開されている。一九三五年、京都で雑誌『世界文化』が発刊された。その雑誌は、当時のジャーナリズムが報道していなかったヨーロッパの反ファッショ文化情報をもっぱら取り上げ、和田さんもナチス支配下におけるトーマス・マンの動静など反ファシズムの動向を紹介していた。ところが、この『世界文化』が特高取締まり当局の標的となった。そして和田さんは逮捕され留置され尋問を受けることとなった。

ところが当時の特高のステレオタイプ化した基本的スタンスはこうだ。和田はコミンテルン主導の人民戦線の方針にもとづいて反戦運動をやっており、その根底にはマルクス主義にもとづく革命思想があり、資本主義の打倒、私有財産制度と天皇制の否定をめざしている。こうした思想を自白させ、反省文を書かせ、転向させることが担当特高警察の任務とされていた。ところが和田さんは、ファシズムと野蛮には反対だが、唯物論にもマルクス主義にも共産党にも（友人・知人はいたが）、コミンテルンにも組織的にも思想的にも、理論的にも関係はなかった。

だから和田さん自身が、自分が治安維持法違反で検挙されるとは思ってもみていなかった。ところが特高係官は、レッテルを貼るとすれば、「自由主義者」か「ヒューマニスト」でしかない和田さんをマルクス主義者ときめてかかって検挙したのだから、ずいぶんおかしなことだと和田さんは思っていた。ちなみに和田さんは、ご父君（同志社総長も務められた）の代からの敬虔なクリスチャンであった。だから和田さんがなんど反省文を書いても特高係官が「よく反省した」と評価するようなものが書き上げられるはずはない。こうした反省文を書きあげさせた特高係官は、上司から「よくやった」とお褒めの言葉を頂戴できるのである。

　こうしたすれ違い状況を読み進んだとき、私は特高と和田さんという関係が、当人たちが懸命になればなるだけ滑稽にさえ思えた。そして著書のタイトル『灰色のユーモア』とは絶妙のタイトルであると思った。拘置所のなかでのことだ。灰色にはちがいない。しかし和田さんと特高係官のすれ違いの様は、滑稽であり、そこはかとなきユーモアを感じさせるからだ。

　和田さんに対する予審判事の取り調べの模様について、和田さんは以下のように書いている。


「反ファッショ文筆活動をやるにはやったが、日本に共産主義社会を実現するためなどとは全く考えていなかった、と私がいうと、予審判事は、いや検事局の調べではそういう目的でやったと自分で認めているじゃないか、という。……（結局）私はさいごに、『共産主義社会実現のためということ、そりゃ潜在意識の中にならあったかもわかりませんが……』といった。すると松野予審判事は、『潜在意識⁉　うん、それでよろしい、潜在意識の中にでも、そういう目的があったのならそれでよろしい』といった。」

こうして和田さんは、前非を悔いて転向したということにされて、治安維持法違反のかどで懲役二年、執行猶予三年を申し渡された。このときのことを和田さんはこう書いている。「私は軽く頭をさげて、服罪の意思を表明し、すべては終わった。（裁判を）傍聴している同志社の女学生にとっては、何が何だかさっぱりわからなかったであろう。」

二　戦時下の弾圧問題の地平と広がり

本書には、鶴見俊輔さんの「亡命について」なる一文が併置されている。ここでは弾圧から逃れつつ思想的節操を貫く特殊形態として「亡命」が考察されている。とりわけ外国亡命が容易な欧米とちがって、海に囲まれた日本では、特殊な条件に恵まれないと亡命できない事情がある。鶴見さんのこの論考は和田さんを記念する文集のためにこの主題が選ばれたのだが（一九七九年執筆）、それは和田さんの仕事が亡命にかかわるものが多かった（トーマス・マンなど）からだという。

この鶴見さんのエッセイで、戦時下の弾圧に対するもう一つの抵抗＝亡命について蒙を開かされ、弾圧問題の地平のいっそうの広がりを感じさせられた。このエッセイのなかで鶴見さんも、和田さんの『灰色のユーモア』に触れて以下のように述べている。

この中には、マルクス主義者と非マルクス主義者、志は高いが心ならずも転向するもの、最終的屈服だけはことわりつづけるもののさまざまな姿が、えがかれている。……ここに記されている人民戦線の思想は、さまざまな弱さ、もろさをもつ人びとが、ゆるやかな結びつきを何とかして保って、軍国主義に対して反対の意思表示をつづけたいという考え方であった、……

以上のよう叙述に接すると、戦時下の弾圧問題について従来のような、すくなくともわれわれ昭和一桁生れの世代が抱きがちな固定観念を修正する必要が浮かんでくる。つまり「獄中一八年」に象徴される非転向を貫き通した形姿を頂点にすえ、下方にむけて信念の動揺、自白、転向、裏切りなどが累々と展開する、そんな構図は描くことはできるとしても、それは視野のせまい、偏りのある見方だといわざるをえない。

戦時下の弾圧問題には、和田さんのようにマルクス主義とか社会主義革命とか、さらにはコミンテルンとか天皇制や私有財産制度の否定とかにもかかわりもなく、思想や言論・文筆の自由のためにだけ文筆活動を続けていたために、治安維持法違反にひっかけられた場合もすくなくないであろう。いわば「非転向・獄中一八年」と「転向・裏切り」の両極の語りの間には、和田さんに見られるような「灰色のユーモア」体験のさまざまな種々相が見られたことであろう。

そうした種々相をも包み込んだ幅広い語りとして「戦時下の弾圧問題」はとらえられねばならないであろう。ナチス占領軍に対するフランスのレジスタンスが「神を信じる者も、信じない者も」を合言葉にしえたようには、日本の反戦運動は広範な広がりをもちえなかったが、そうした問題性は、戦時下の弾圧問題に関する語りにもひそんでいるように思われる。

【付記】和田さんは戦後、同志社大学に復帰すると、人文科学研究所の共同研究「戦時下抵抗の研究」を組織され、ご自身の戦時体験をも検討の場に供された（同志社大学人文科学研究所編『戦時下抵抗の研究――キリスト者・自由主義者の場合』＝一九六八年、みすず書房＝として発刊された）。そして他方では蜷川民主府政を支える民主・革新の集いなどにもよく顔を見せられていた。私は、そんな和田さんと同じ職場に勤務し、教授会ではいつも顔を合せながら、胸襟を開いて語りあう機会をもてなかったことを、いまさらながら悔恨の念を抱きつつ、本稿を綴った。

〈付論〉

「同志社文化史学」と「私の距離感」

はじめに

本稿は、当初、ドイツ近代政治史研究（それ以前には社会経済史）にたずさわっていた私が、その後、ドイツ教育社会史なる領域にふみいり、その間に文化史というものをどう考えるにいたったかを述べたものである。ただし、いわゆる歴史観論争や学界一般の研究動向といったものではなく、むしろ個人史的研究キャリアに沿って綴ったものである。それは標語的にいえば、自分に即して「政治史・社会史から文化史への回路」を語るということになるであろう。それにしても、たんなる個人史に終始せずに、戦後の日本とドイツにおける歴史的思考ないし知的動向という社会的流れと、その個人史的キャリアとを連関させながら考えようとするものである。それは日本の知的大地に立って、ドイツ近現代史を研究するという事情から不可避的に生じてくる問題設定のあり方である。なお、この問題は、同志社大学において教師生活の大半を過ごした私にとっては、同志社大学の教学理念が、史学科一般ではなく「文化史学専攻」と銘打っていたがゆえに、長年にわたって私の脳裏にわだかまりとして続いてきたことであり、一度は応答しておかねばならない問題であった。

さて、それで本章ではまず第一に、（一）戦後ほどなくの日本の歴史的思考のメインカレントが「社会経済史学」であったこと、（二）そして同志社大学の教学理念＝「文化史学」がその「社会経済史」と対峙するものとして意識されていたこと、（三）さらに当初の私は、「社会経済史学」に一度はどっぷりつかりながらも、やがて政治史的な方向に回路をとりつつ、当時のメインカレントたる前者には距離をおく立場をとるようになっていったこと、つまり社会経済史、文化史、政治史という、いわばトライアングル的な関係にあったことを整理しておきたい。

第二には、一九七〇年代中頃のドイツ留学を転機にして、ドイツ歴史学界における新たな潮流としての「ドイツ社会史」の影響の下に、それまでの研究課題の中心にあった「近代ドイツ＝後進性」論を克服する道を、教育社会史に求めるなかで、教養市民層・教養・文化資本といった問題を考えるようになった事情について述べてみたい。そして、「政治史・社会史から文化史への回路」をたどるなかで、そこに新たに点滅してくる私の文化史像の一端を吐露してみたい。

一　社会経済史学と文化史学と政治史学のトライアングル

私が同志社大学の文化史学専攻の教師になったのは、一九六五年四月のことであった。当時の私の研究対象は、もっぱら政治過程を追究する狭義の政治史ではないにしても、憲法体制と政治構造の視点からの一九世紀ドイツ史研究という意味では、政治史であったといえよう。したがって同志社大学の文化史学という呼称にはなじみにくく、ズレを感じていた。このズレ感覚は、自他の個人的な事情というよりも、戦後日本における経済史学的潮流ないし知的風土と深く関連したものであった。

よく知られているように戦後日本の歴史学においては、社会経済史が主流的地位を占めた。戦時中、とくに日本史の分野でイニシアチブを握っていたのは皇国史観であったが、それは敗戦によって軍事的敗北とともに、政治的にも学問的にも凋落していった。代わって戦時中は逼塞をよぎなくされていた講座派マルクス主義や「大塚史学」、そして「丸山政治学」などの新しい歴史学的潮流が、知的イニシアチブを握った。そこにはマルクスやレーニンに全面的に依拠していたわけではない非マルクス主義的潮流、いわゆる「近代主義」の流れもふくまれていたが、社会史的分析の点では講座派マルクス主義の影響が甚大であった。加えて、そうした色調を異にしつつも、そこには戦前、軍部独裁と戦争への道を阻止し得なかったこと、ないしは抵抗しえなかったことを「悔恨」をもって反省するという同一の心情が流れており、それは一元的な思想的・政治的立場というよりも、歴史学的感性として「悔恨の歴史学」とも称するにふさわしい共通性があった。それは歴史学の専門研究者にとどまらず、青年・学生たちのなかにも広い裾野を有していた。彼らは、敗戦によって学園に復帰したものの、戦場で命を失った友に思いを馳せ、「生き残った自分たちは何をなすべきか」と自問し、平和で民主的な日本と世界の形成こそがその応答の道と想念した。こうした青年・学生の心情は、「悔恨の歴史学」の広い裾野を形成したのであった。この戦後事情の詳細については、拙著『二つの戦後・二つの近代――日本とドイツ』[1]にゆずるとして、ここでは、そうした戦後歴史学のメインカレントが、講座派マルクス主義の影響のもとで、歴史の基本的動因を経済のレベルに求める社会経済史として立ち現われた、ということを確認することにとどめたい。

同志社大学の文化史学専攻は、こうした戦後歴史学の社会経済史主導の潮流とはあえて距離をおき、文化史学という教学理念を掲げた。文化史学会創立四十周年記念号『文化史学』第四五号（一九八九年）[2]に、文化史専攻の創立者石田一良の「思い出」の一文があるが、それによると、文化史専攻という命名は、その設立以前に文学部文化学科が存在したことに対応して、そのなかの一専攻として発足したという事情があった。つまり文化学科内の歴史関係の専攻という意味で、文化史という名称は自然である。今日では「史学科」とか「歴史学科」とかという伝統的な呼称をあえて改廃して、「……文化学科」という名称は他大学にもよくみられるところである。だが、往年の帝国大学が君臨していた頃における伝統的な教学ジャンルの名称としては、最近までは珍しい独自なものであった。しかし、設立の制度的関係はこのようであったとしても、その「文化史専攻」という名称にこめられた史学思想は、まさに「文化史学」であり、戦後歴史学の主流的存在であった「社会経済史学」に対峙ないし対抗のスタンスをとるものであったことはいうまでもない。ただし、ここで誤解のないようにいっておきたいことがある。第一は「主流的存在」とはかならずしも学界多数派という意味ではない。それは、講座派マルクス主義を中軸にする「社会経済史学」が、学界ないし論壇におけるイニシアチブを握っていたという意味においてである。第二は、専攻の教学理念としては「文化史学」を標傍していても、日本社会史という講義科目名の担当者もいたし、民俗学や考古学の専門家もスタッフに加わっていたし、就任時の私のようにドイツ政治史の研究者もふくまれていた。つまり教育機関としての実際の専攻の運営実態は、他大学の歴史専攻とさほどの違いはなかった。

以上、まえおきめいたことを述べてきたが、これらの限定条件をつけたうえで、「社会経済史学」と「文化史学」、そして「政治史」という私の同志社大学着任当時の立脚点とのトライアングルな関係について述べてみたい。

ここで論述の手がかりとして、奈良本辰也の「文化史学[3]」なる論考を借用したい。これは、一九五〇年代に戦後歴史学の二大学会ともいうべき歴史学研究会と日本史研究会による『日本歴史講座』全八巻の最終巻『日本史学史』のひとつの章である。いわば、戦後歴史学の主流の立場から「文化史学」をどう見ていたかをうかがい知ることができるものである。しかも奈良本は、同志社大学文化史学専攻を創設した石田一良とは同年輩で、ともに戦前日本における「文化史学」の代表的存在であった西田直二郎（京都大学教授）のもとで学んだ仲である。そして、この「文化史学」なる論稿を書いた当時の奈良本は、唯物史観を標榜する若手研究者の第一線に立っていた人物である。ちなみに私が大学に入学した一九五一年、奈良本は『吉田松陰』（岩波新書）を出版していた。そこには戦後の熱気の風を背にして松陰の思想と生き様に肉薄しようとする、まだ四〇歳にとどかぬ奈良本の気魄があふれていた。一読して感銘を受けた私は、一夜、奈良本宅を訪れたことがあった。したがって、この「文化史学」なる論稿を開いた私は、唯物史観の断固たる擁護と激しい文化史学批判を予想した。だが、この予想は大きくはずれた。むしろ、両者は文化と経済という歴史をとらえる基本的立脚点を異にし、その点では鋭く対峙の様相を見せつつも、ともに歴史の個別分野を超えた全体史へと志向し、個別実証に埋没しかねない実証主義史学ないし文献史学に対する共同のフロントに立つものというとらえ方がされているのである。たとえば次のように述べられている。

「なぜならば、文化史学こそはそうした実証主義史学、あるいは文献史学に対する最も適切なる批判者であるからである。即ち、文化史学は実証主義史学が最も現在的関心に欠けるところにおいてその現在的関心を強調し、或いは実証主義史学が史的綜合に弱点を待つことに対して最もその綜合を強くうたいあげたのである。」

（奈良本・二二五ページ）

「その『部分によって全体を観る』という観方にこそ、文化史学として他に誇り得る新しい方法の成立をみてもよい。」（奈良本・二二九ページ）

そして奈良本は、西田直二郎を文化史学の代表として引き合いに出しつつ、文化史学の積極面を次のように述べている。

「たとえば、作庭というような歴史の事実にしても、古い歴史の学問にあってはその記録的なものの探究に終始し、作者・年代・形式というようなものに大半の注意が払われ、その精神構造にまでさかのぼることがなかった。しかし、一つの作品を考える場合、その作品が人間性というものと深く結びついているということであり、その限りで時代の一般的な傾向を持っていることになるだろう。」（奈良本・二三八ページ）

このように論じつつ、奈良本は、文化史学は「思想史の領域においては特にすぐれた見解を示し、そうした観念論的史学が到達する最高の段階を示した。」と評している。そして最後に、以下のように結んでいる。

「わたしは、唯物史観さえも実証史学や文献史学に近づきつつある現状を考えると、文化史学を弊履の如くすてさる気持は毛頭にない。いや、現在の文化事象に対する歴史学の弱さを克服する道は案外に文化史学を省ることで生じてくるのではないかとさえ思っている。」

以上のような意味において、文化史学が文化を基点として全体史への志向をもつとしたら、唯物史観（マルクス主義史学）は、経済（とりわけ生産力と生産関係）を基点にして全体史をめざすものである。ともに全体史をめざすという点では、実証主義史学や文献史学を超えるものと称することになるが、逆にそれゆえにこそ、いずれが全体史を構成する視点として優位性をもちうるかをめぐって競合と対峙の関係に立つことになる。それでは、こうした状況のなかで私の立脚点はどこに位置していたのであろうか。

私が一九五一年に大学に入り、歴史学(西洋史)の道に志した頃には、「歴史学研究会」、とりわけ講座派マルクス主義の、西洋史の分野では大塚久雄をリーダーとする「大塚史学」の影響力が広がりをもった絶頂期であった。私はドイツ近代史に関心をもち、卒業論文は「グーツヘルシャフトの成立」をテーマにした。いわば講座派マルクス主義ないし「大塚史学」にどっぷりつかっていた。すなわちナチズムを生み出した歴史的根源として、近代ドイツの後進性、とりわけ議会主義・民主主義の脆弱さを生み出した歴史的要因として、貴族・ユンカーの政治的・社会的優位が強調された。そして、そのユンカーの歴史的ルーツがグーツヘルシャフトであった。いわば私の卒業論文は、ナチズムの歴史的根源の探究という文脈に位置し、近代ドイツの歴史的後進性を社会経済史的に解明しようとしていたのである。

ところが修士論文を書く前後ごろから私の歴史的関心の方向に変化が生じてきた。その変化の背景には、政治的には一九五五・五六年頃に、日本共産党の極左冒険主義(理論的には後進国革命論の見地)に対する自己批判、フルシチョフによるスターリン批判、ハンガリーにおけるソ連からの自立と民主化の運動に対するソ連の軍事介入などが相次ぎ、社会主義、ひいてはマルクス主義の威信の低下が顕著になったことがあった。それと同時に五五年に経済白書で「もはや戦後ではない」といわれたように、戦後日本資本主義の高度経済成長が続いた。こうした政治的・社会経済的状況の大きな変化にともない、知的世界においても地殻変動がおこり、論壇・学界においても大衆社会論や近代化論など新たな流れが登場してきた。こうした種々相については前掲の拙著で概観しているので[4]、それを参照していただくことにして、ここでは、こうした状況変化が私の歴史的思考にどのような変化を生じさせたかを述べておきたい。

まず講座派マルクス主義や「大塚史学」など社会経済史の見地が、私にとってなじみにくかった点は、二つあった。第一は「社会経済一元論」と評されていた傾向であった。私も歴史の基本的主導力は社会経済にあり、文化や思想にあるとは思わなかったが、政治的力動関係に関心をよせていた当時の私にとって、社会経済的条件によって歴史的必然の結果が生じる、というテーゼにはなじめなかった。たとえば政治的世界において人間は、社会経済的条件が敗北を示していたとしても、たとえ勝利はできなくても、負けない状況は生み出せるものであり、敗北が「鉄の必然」とは思われなかった。第二に日本近代の後進性の批判には傾聴しつつも、それが構造的・運命的なものとされ、戦後資本主義の高度経済成長を包摂できる論理を構築しがたくしていた点であった。

　こうした二つの基本的違和感を抱いていた私は、修士論文（一九六〇年）以降、社会経済史研究から離れ、憲法体制論や政治構造論などの政治史研究へとシフトしていった。ここでいう憲法体制論とは、憲法体制を三つの要因、すなわち憲法典（条文）、憲法解釈論（イデオロギー）、憲法現実（政治的力学関係など）の相互関係としてとらえようとする見地である。[5]いわば歴史学への憲法の社会学的把握の応用であった。次ぎに政治構造論についていえば、これは政治学・社会学における大衆社会論や大衆民主主義論の歴史学への応用であった。すなわち政治的決定過程に合法的に登場できる社会層の範囲に着目して、近現代史を政治構造上、名望家政治と大衆民主主義的政治という二段階に区分するというものである。[6]

　このような意味で私のスタンスは、もともとは講座派マルクス主義や大塚史学に源流をもつものであり、したがって文化史学とは別潮流のなかに身をおいてきたが、五〇年代末・六〇年代初頭からは、講座派マルクス主義や大塚史学からも距離をおく道を歩み始めていた。そうした位置関係のなかに、当時の私の政治史研究は立っていた。そこから転機をもたらしたのは、七五／七六年のドイツ留学と六〇年代末から台頭してきた「ドイツ社会史」との接触であった。

二　教育社会史への道

日本における外国史研究、ここではドイツ史研究は、日本の知的動向一般の影響を受けることはいうまでもないが、同時にドイツにおける学界動向の影響も受ける。六〇年代末からドイツ（西独）においては、それまでの学界主流＝正統史学（伝統史学）に対して、「社会史」と称する対抗潮流が台頭してきた。この「ドイツ社会史」については、これまでに多くの紹介があるので[7]、ここでは再論は避け、私にとっての「文化史への回路」という本稿の文脈に沿うかぎりでのみ、そのポイントを述べておこう。それは一言でいえば、教育社会史への道が開かれたことである。

そのきっかけは、日本におけるドイツ政治史研究の中心問題のひとつであった、ドイツ将校団のリクルートメント（出身社会層）の解明という問題であった。将校団は官僚とならんで、貴族ユンカーの決定的優位のもとにおかれ、このことが近代ドイツの後進性（議会主義や民主主義のおくれやゆがみ）の基本的要因とされていた。このような見地は、講座派マルクス主義や大塚史学の立場からの近代ドイツ史像の核心をなしてきた。したがって、そうした戦後史学から距離をおきつつあった私にとって、この問題をどう考えるかは、重要な歴史学的課題であったのである。

ところで将校団と並んでポイントとなっていたキャリア官僚のほうは、一八世紀末以来、大学法学部の卒業を受験資格とするきびしい国家試験の合格を必要とするようになっていた。しかも近代ドイツにおける教育制度は、エリート・コースと非エリート・コースに分岐された厳格な複線型のもとにおかれ、加えて大学卒業者は同一世代の二パーセント程度であった。したがって、キャリア官僚は、その社会的出自の点で、時の流れとともに、少数エリートである大学卒業者すなわち教養市民層の優位のもとにおかれてくるのは歴史的必然であった。(8)この教養市民層とは、具体的にはキャリア官僚、聖職者、法曹、医師、大学教授、ギムナジウム教師などであり、それぞれ大学の法・神・医・哲学の各学部で学び、それぞれの専門職国家試験の合格者たちである。

ちなみに、ドイツでは教養市民層の対語として経済市民層という言葉がある。これは商工業に従事する人びとの別称であるが、いわば市民層なるものの二つの階層である。イギリスやフランスにも当初、このような市民層の分岐状態が見られたが、時の流れのなかで、一方の子弟が他方のキャリアを歩む、その逆も生まれるというなかで、ひとつの上層市民層に統合されていった。ところがドイツでは、両者は融合することなく、今日に至るまで教養市民層の社会的優位が生きている。いわば近代ドイツは、知的権威の優位が貫かれていた社会なのである。(8)

さて、話をもどして、それでは近代ドイツの後進性のもうひとつの支柱とされていた将校団はどうであろうか。将校へのルートは一八世紀末までは、貴族の特権学校である幼年学校を経て士官学校へというルートしか存在せず、将校の地位はまさに貴族の子弟の独占物であった。だが一九世紀には一般市民の子弟にも新たにルートが開かれるようになった。その将校任用制度はいくたびか変遷を見せたが、一八六一年の任用規程では、以下のように定められた。すなわち士官学校への道が、ギムナジウム（九年制で戦前日本の旧制高校・中学にあたる）で卒業試験に合格した者には無試験で開かれた。このギムナジウムの卒業試験合格は、すなわち大学入学資格（アビトゥーア）の取得者（大学進学者）は一九世紀後半でいえば、同一世代の二パーセント程度であった。

以上に点描したようなアビトゥーア取得者が、一九世紀半ば過ぎには、将校への道を無試験で保証されたのである。こうした任用条件は、知的な若い世代を将校団に勧誘するためのものであったが、結果的には将校団のなかで圧倒的多数を誇っていた貴族・ユンカーの比率をだんだんに低下させ、アビトゥーア取得者という知的エリートの割合を――当然のことだが、将校団における新採用の若い下級将校というランクにおいて――増大させていった。たとえば二〇世紀初頭には陸軍の場合、アビトゥーア取得が、士官学校生徒採用者の六〇パーセントを超えており、海軍の場合には第一次世界大戦直前には八〇パーセントを超えるにいたっていたのである。このことは、歴史的傾向性として将校団は、貴族ユンカーの優位のもとにおかれていたのではなく、むしろ知的エリート（教養市民層）の集団と化しつつあったことを立証しているといえよう。

このような事実が「ドイツ社会史」の側からの研究成果として現れてきた。これは私にとってはショッキングなことであった。ある意味でマルクス主義や大塚史学におけるドイツ近代史研究の基本的支柱が崩れ去っていく感がしたからである。従って、このことは、くりかえしになるが、一九七〇年代には講座派マルクス主義や大塚史学などの「社会経済史」から距離をとりつつあった私にとって、その傾向を加速させるものであった。後年、私は自分の研究上のスタンスの旋回を、「貴族・ユンカーの近代ドイツ」から「教養市民層の近代ドイツ」へ、という標語に定式化することになる。

このような「ドイツ社会史」の台頭は、六〇年代末以降のことであるが、教育史の分野では、実はそれに尽きない。すなわち戦後日本では、戦前の複線型教育体系（エリート・コースと非エリート・コースとの分岐）は否定され、アメリカ型の単線型教育体系が導入された。ところが戦後ドイツ（西独）では、当初、その伝統的な複線型教育制度は、アメリカ教育使節団によって「まさにインドのカースト制度である」と告発されたが、結局は、その告発は実らず、ナチスのイデオロギー的影響は払拭されても、制度的には戦前の複線型体系は存続することになった。だから戦後も大学卒業者はエリート・コースを歩む者とみなされ、そうした状態が、くずれ始めてくるのは七〇年代における大学生増員政策が行われようになってからのことである。

そのような変化・転換は、一九六〇年代後半に「経済の奇跡」といわれた西独の高度経済成長がかげりを見せ始め、事態を切り開くには「良質の労働力」、つまり大学卒業者の増大を必須とした。当時の工業先進国のなかで、西ドイツの大学進学率は最低であった。そうした事態の打開のために、大学進学の登竜門であるギムナジウムへの進学を容易にするような教育改革を行う必要性が痛感されるようになった。ところが改めて教育体制の現状を歴史的に直視すると、教育体制の基本構造は一九世紀八〇年代からほとんど変化せずに戦後に至っていたのである。それは、ここ数十年間における経済・社会・政治の激変とは好対照であった。これは教育学・教育史学固有の原因も考えざるをえない事態であった。すなわち、それまで教育学・教育史学は、主として教育制度の研究と教育理念の研究に二極化していた。つまり制度史としての教育史と理念史としての教育史とに二分化し、教育を社会のなかで、社会を教育との連関で観察するという方法は不在であった。このような状況を克服し、教育社会史ともいうべき新たな方法によってこそ、経済・社会・政治の激変にもかかわらず、教育の体制と構造は変化することなく持続してきた歴史的事情にメスをいれることが可能になったのである。[9] こうして六〇年代末から、「ドイツ社会史」という歴史学界全般に生じてきた知的地殻変動に加えるに、教育の世界独自の事情が重なって、教育社会史という方法と視点が登場してきたのである。こうした学界の動向が、貴族ユンカー優位の視点からのドイツ近代史を克服するという私の年来の研究線題と交錯することになったのである。それの編集的表現が、先に述べたように、貴族・ユンカー優位のもとにとらえられてきたドイツ将校団を、アビトゥーア取得者（教養市民層）の優位という文脈でとらえなおすことであった。

以上のような経過をたどって、私は一九八〇年代ごろには、それまでの社会経済史・文化史・政治史というトライアングル的関係から抜け出し、教育社会史という新たな領域にはいりこむこととなったのである。それでは、以下、この教育社会史から文化史への回路について述べてみたい。この教育社会史の研究のなかで、私は教育システムやその構造とともに、それと関連して、文化とかかわり深い事象やテクニカル・タームと接することとなった。たとえば若干の事例を紹介すれば、以下のような人びとの研究や提唱との出会いである。

〈1〉ピエール・ブルデュー（現代フランスの社会学者）、彼によれば、文化資本は、経済資本と関連はあるが区別された概念である。それは教養・学歴・資格などの文化的資産を指し、文化的なものにも、生産・蓄積・投資という経済的用語を適用し、そのことは、国家・社会における知的イニシアチブの実態を解明する場合に有効な方法である。一般論的には、文化や教育などを文化資本の伝達と再生産によって説明し、社会経済的概念では届き得ない領域にメスを入れることを可能にする。[10] このことは、私自身がギムナジウム生徒や大学生、将校団あるいは大学教授などの出自を分析するなかで、再認識させられたことであった。

〈2〉フリッツ・リンガー（現代アメリカの歴史学省）、彼は Segmentation（複線型分類）という概念を提唱している。これはエリート・コースと非エリート・コースとに分岐する複線型教育システムが、たんに二つのコースに選別するだけでなく、それぞれのコースに進学している生徒の社会的出自に大きいズレがあること、つまりエリート・コースには富裕で高学歴のものの子弟が多いことに着目している。総じて教育・文化と社会経済とを総合的に把握する視点を提示している。つまりブルデューの文化資本という概念と関連させていえば、歴史的に存在した近代における複線型教育システムは、文化資本と経済資本との接合体として説明されるのである。

〈3〉竹内洋（教育社会学者）、彼は一連の著書において、[11] 戦前日本の旧制高校の生徒に着目して、戦前日本の知識人、エリート、学生（学歴貴族）の生態と意識を解剖している。ここには戦前知識人・芸術家の作品に関するこれまでの分析からは見えてこなかったもの、たとえば立身出世主義の光と影といった知識人の裸像を復元してくれる。

一九八六年、私は、エリート養成の中等学校の国際的な歴史的比較のための「共同研究会」

を立ち上げた。その際、日本近代思想史の研究者杉井六郎に相談をもちかけ尽力を求めた。彼がそのとき、「戦前日本の文化をとらえるうえで、旧制高校を考察することはキイ・ポイントとなる。」と述べた激励の言葉が強い印象として残っている。竹内の著書群が続々と立ち現われたとき、ここにこそ杉井の指摘が見事に実現されている、と私は思った。

〈4〉**西村稔**（西洋法史学者）、彼は本来は抽象度の高いドイツの法学説の歴史分析を主業としてきたが、その法学説と社会的現実やその構造を短絡させるのではなく、その中間に知識社会（学者集団、科学者集団あるいは技術者集団など）とその思想をおくことによって、いわば「知の社会史」を描くことに取り組んだ。[12] 彼は、そうした試みの『知の社会史』の姉妹編ともいうべき別書[13]においては、ドイツにおける「文士」と「官僚」の結合と対立の諸相を描いている。そこでは教養的哲学的官僚から専門官僚への移行の歴史的過程において、「教養」はステイタス確保の手段と化し、「学歴」が「偽の教養」として機能していくことが追究されている。

こうした知識人に関する歴史学的考察の手法は、すでに引き合いに出したフリッツ・リンガーの『ドイツ読書人の没落』によってつとに知られていた。ここでは学者と教養層の社会史と思想史、それに理論史が総合的に扱われていた。このような本書が、社会史や教育社会史的関心の高まりにつれて、知と知識人の社会史的考察のモデルとして、いっそう注目され

るようになったのである。(14)

実は西村稔の恩師は同じ法制史学者上山安敏である。上山はもともとはドイツ法制史のオーソドックスな学者であったが、社会史と法制史の接合をはかる憲法社会史などの研究路をへて、法社会の基底にあるヨーロッパの知識社会の研究へと旋回していった。西村の研究もこの流れを汲んでいるといえる。だが、上山が展開して見せてくれた世界は、知識社会のまさに深層に迫るものであった。幾多の著書群のなかから二、三を拾えば、『神話と科学――ヨーロッパ知識社会・世紀末~二〇世紀』（岩波書店、一九八四年）、『フロイトとユング――精神分析運動とヨーロッパ知識社会』（岩波書店、一九八九年）、『宗教と科学――ユダヤ教とキリスト教の間』（岩波書店、二〇〇五年）などが脳裏に浮ぶ。上山が提示してくれた世界は、通常の思想史や文化史では見えない「非合理と感性と屈折、そして心理の闇」の世界である。

かつてドイツ政治思想史の脇圭平（該博な知識とブリリアントな解釈の書『知識人と政治――ドイツ・一九一四から一九三三』の著者）が、上山の著書の合評会で吐いた言葉とたたずまいが、いまでも忘れられない。脇は、上山の著書に畏敬の言葉を献じつつ、つぎのような意味のことを述べた。「歴史の裏通りに広がっていた思想や意織の解釈よりも、それも大事だが……、いつかは表通りの思想や文化を真正面から論じることを、著者に期待したい。」上山が扱う対象には、ニーチェ、シュペングラー、フロイト、ユング、バハオーフェンなど「非合理と闇」の思想家たちが目白押しに立ち並ぶ。これに対して、おそらく脇のいう表通りとは、ゲーテからはじまり、ウェーバーからトーマス・マンなどが立ち並ぶ景観がイメージされてくる。このとき、思想史研究の二つの巨峰——しかも親しい友——が対峙する姿容に、しばし私はじっと見惚れていた感があった。

〈5〉宗教の世界との接点、教育社会史の研究を進めるなかで、ギムナジウムというエリート・コースの生徒のなかに、手工業者や農民の子弟がすくなからず存在したことに気付いた。もちろん対人口比でいえば、教養市民層の子弟に比べれば、その割合は圧倒的に少なかった。しかし絶対数の割合では二〇パーセント強であった。私は、このことに注目した。つまり彼らの立身出世の道程における苦悩物語を復元できないか、という問題である。このことは拙著にも盛り込んだので、再論は避けたい[15]。ただ、ここでいいたいことは、彼ら手工業者・農民の子弟の進学における宗教、とりわけカトリックの問題である。非教養市民層の子弟がギムナジウムに進学するにあたっての難関は二つあった。ひとつはいうまでもなく経済問題である。第二はラテン語の予備勉強である。ギムナジウムの九学年間では全授業時間数の四分の一強がラテン語の時間であった。父親がおしなべて大学卒業者でない非教養市民層の子弟は、とうに死語となっていたラテン語に接する機会は皆無に近かった。この二つの難関に救いの手を差し伸べたのが、カトリックの聖職者たちであった。彼らは妻帯していなかったので、彼ら自身の子弟を聖職者に育て上げること、つまり自己供給をすることはできなかった。だから彼らは、聖職者の後継者を確保するために、地方の小学生たちのなかに利発な者を見つけ出すと、ラテン語の予備勉強のいわば家庭教師を買って出たのである。そして、ギムナジウムに進学できた場合には、将来、聖職者になることだけを条件に奨学金を提供したり、ときにはカトリック教会が経営する寮が準備されることもあった。いわば非教養市民層の子弟たちにとって、ギムナジウムというエリートの登竜門への大いなる支援をしてくれたのが、カトリック聖職者たちであったのだ。ここには宗教、とりわけカトリックの聖職者というものが、その難解な神学的・哲学的思弁の世界に立てこもる宗教的社会集団というよりも、庶民のなかに、庶民とともに生きる人生の導き手として立ち現われていたのである。これは、私にとって新たなカトリック文化イメージであった。

いささかアトランダムに、教育社会史的研究を媒介にして接してきた文化にかかわる諸タームや歴史的事相、すなわち「文化資本」「教育の複線型分節化」「立身出世主義」「学歴貴族」「知識社会」「教養文化」「読書人」、さらには宗教とりわけカトリック聖職者の社会的機能などを挙げてきた。これらの諸タームを駆使した諸著作群を通じて、私なりの「文化なるもの」への感性と歴史的理解を学んできた。ここから点滅してくる文化イメージ、それが教育社会史のなかから――近現代史という限定された時間領域ではあるが――ほの見えてきたのである。

おわりに

ここで本稿の「まとめ」に入ろう。戦後、私は大塚史学の流れに棹さす社会経済史からスタートしたが、一九六〇年代における内外の政治的社会的激動と高度経済成長をかいくぐるなかで、次第に政治史へとシフトし、社会経済史学と文化史学とのトライアングル的な関係に身をおくことになった。それが七〇年代中頃のドイツ留学をきっかけとして、六〇年代末から台頭してきた「ドイツ社会史」、とくに教育社会史の流れと接触することになった。それは外国の新しい学界潮流に身をゆだねたというよりも、私がそれ以前からかかえていた歴史学的課題の解明のために、新たに台頭してきた教育社会史の方法と成果を活用し、その道を歩むことになったのである。そのなかで、とりわけ教育というものを研究対象とすることになったがゆえに、すくなくない文化的事象や文化的要因に関する教育社会史的なアプローチやタームにも接し、その認識を深める機会が生まれた。そして、かつて社会経済史学と対峙していた文化史学とは味わいもイメージもかなり異なる「文化の歴史」を垣間見るに至った。それは、戦後日本の歴史学がというよりも、私自身の研究キャリアのなかに点滅してきたものであるが、そのような「文化の歴史」を、ひとは「文化社会史」と呼ぶこともある。

注

(1)　望田幸男『二つの戦後・二つの近代──日本とドイツ』(ミネルヴァ書房、二〇〇九年)第一章・第一節。なお本稿における「悔恨の歴史学」という表現は、丸山真男からの借用である。丸山は、『後衛の位置から』(未来社、一九八二年)のなかで、以下のように述べている。

「敗戦後、(中略)日本国家と同様に、自分たちも、知識人としての新しいスタートをきらねばならない、という彼等の決意の底には、将来への希望のよろこびと過去への悔恨とが──つまり解放感と自責感とが──わかち難くブレンドして流れていたのです。私は妙な言葉ですが仮にこれを『悔恨共同体の形成』と名付けるのです。つまり戦争直後の知識人に共通して流れていた感情は、それぞれの立場における、またそれぞれの領域における『自己批判』です。」(一一四ページ)。

(2)　石田一良「同志社大学文化史学専攻及び文化史学会草創期の思い出」(『文化史学』第四五号、一九八九年)。また石田自身の「文化史学」観は、石田一良『文化史　理論と方法(ぺりかん社、一九九〇年)を参照。なお本書の底本は『文化史学──理論と方法』(洋々社、一九五七年)であり、その原型は『文化史学の理論と方法』(同志社大学出版部、一九五一年)に求められる(一九九〇年度版に付された笠井昌昭「『文化史学　理論と方法』の覆刻によせて」参照)。

(3) 奈良本辰也「文化史学」(歴史学研究会・日本史研究会編『日本歴史講座』第八巻「日本史学史」、東京大学出版会、一九五七年)。

(4) 拙著『二つの戦後』第二章第二節。

(5) 拙著『比較近代史の論理――日本とドイツ』(ミネルヴァ書房、一九七〇年)または拙著『ふたつの近代』(朝日選書、一九八八年)第Ⅱ章を参照。

(6) 共著『ドイツ現代政治史――名望家政治から大衆民主主義へ』(ミネルヴァ書房、一九六六年)。

(7) 社会史の全般的な案内としては、竹岡敬温・川北稔編『社会史への途』(有斐閣、一九九五年)、とくにドイツに関しては、第三章の早島瑛「社会と国家のはざまで」を参照。

(8) 近代ドイツの教育制度、とりわけエリート養成制度については、拙著『ドイツ・エリート養成の社会史』(ミネルヴァ書房、一九九八年)を参照。また教養市民層の歴史的考察としては、野田宣雄『ドイツ教養市民層の歴史』(講談社、一九九七年)を参照。

(9) このような教育社会史をドイツで代表する先駆的な著書は、一九七〇年代末に発刊されたD・K・ミュラーの『社会構造と学校システム――一九世紀における学校制度の構造転換の諸相』という象徴的なタイトルの書物であった。この序文のなかの注目すべき一節を紹介しておこう。

「ここ一〇〇年間に、われわれの社会の構造は、社会的・政治的・経済的領域のほとんどにおいて決定的に変容してきたが、われわれの教育制度の組織形態は一八九二年以来、原理的には不変のままであり続けた。学校の内的・外的構造は社会経済的・政治的変容の外に立ち続けたまま改革もされず、一九世紀八〇年代以来存続してきた基本構造の枠内でのみ修正されてきた。」

Müller, Detlef K., *Sozialstruktur und Schulsystem, Aspekte zum Strukturwandel des Schulwesens im 19, Jahrhundert*, Göttingen, 1977, S. 19.

⑽　ピエール・ブルデュー『超領域の人間学』（加藤晴久編、藤原書店、一九九〇年）３章「エリートと学歴資本」参照。

⑾　竹内洋『立志・苦学・出世』（講談社、一九九一年）、同『立身出世主義―近代日本のロマンと欲望』（ＮＨＫライブラリー、一九九七年）、同『日本の近代12、学歴貴族の栄光と挫折』（中央公論新社、一九九九年）。

⑿　西村稔『知の社会史―近代ドイツの法学と知識社会』（木鐸社、一九八七年）。

⒀　同『文士と官僚』（木鐸社、一九九八年）。

⒁　フリッツ・リンガー『読書人の没落』（名古屋大学出版会、一九九一年）。

⒂　拙著『二つの戦後』第四章第二節。

第五章

もうひとつの「私の戦後」

——ローカルに行動する

ドイツ近代史研究をめぐる私の戦後の旅は、以上で一応の閉幕を迎えた。だが実は私にとってもうひとつの戦後があった。それは「第一章　敗戦の余燼ただようなかで」で、ドイツ近代史研究に入り込む以前における社会的活動への参加とそこでの「青春の蹉跌」について述べたが、この後者についてはその後の動向には触れずにきた。「私の戦後」の語りの終幕に、この点について付言せざるをえない。

「ひとつの社会的運動」――「私学組合運動」から「非核の政府を求める京都の会」へ

私は一九六五年に京都大学史学科助手から同志社大学文化史専攻の専任講師に転任することになり、研究者として自立の見通しを持ち得たときに、私にとって「もう一つの戦後問題」たる社会的活動について、ひとつの原則を立てた。すなわち学問研究のかたわら、せめて限定された社会活動分野でそれなりに献身しようと心に決めた。それというのも、私のドイツ近代史研究が、「青春の蹉跌」という人生の節目からスタートした学問レベルの「戦後の営み」であったとしたら、同じ「青春の蹉跌」を同根とする社会的活動の分野から退却するわけにはいかなかったからである。それは「思想の問題」というよりも、「退却は敗北である」とする「意地」に近いものであった。

これの最初が同志社教職員組合連合の書記長の仕事であった。実は友人たちが「就職祝い」と称して、組合役員選挙にあたり集票したのだ。その最初の仕事が「退職金制度」の抜本的改善であった。これは私の功績でもなんでもなかった。前執行部がすでに取り組んできたテーマで、たまたま私の書記長時代に学校法人当局と妥結に至っただけだ。ところが、これをきっかけに年配の教授たちのなかで「あいつは若いが年配者のこと（退職金制度）に気配りする」という「うわさ」が広がった。それからというもの、その年配者グループは、組合の役員選挙といえば私に投票するようになったらしい。こうして九回におよぶ組合役員（それも書記長）を繰り返すなかで、組合書記局の事務所は私の「もう一つの研究室」となった。「組合活動をしたら研究時間をくわれる」という不安が、教員の組合員のなかに根強くあった。これに反証するために、組合事務所の一隅に私の読書コーナーをもうけて、一年にせめて論文ひとつ、あるいは翻訳書一冊はと意地を張った。こうして木曜日は組合デーと決め、一校時に講義をあて、それ以降は夜一〇時過ぎまで書記局で仕事をした。これまで人前でしゃべることといえば講義以外はやったことになかった私には、まったく新しい世界だった。

だが、どんな職場でも「事情に通暁したベテラン」の長期的存在は、新人活動家にとってはあまりありがたいものではなく、ときには煙たい存在でもあった。そんな雰囲気も感じるようになった一九八六年、組合活動も二〇年に達した時、「非核の政府を求める全国の会」が旗揚げされ、ほどなく「京都の会」も塩田庄兵衛氏（立命館大教授）が音頭を取り結成された。私は「今こそ潮時」とばかりにこれに参加し、組合活動から離れた。その際、年に一度は斬新なアイデアの非核平和のイベントを責任をもって案出し実行することを心に決めた。結成当初の役員には岩井忠熊氏をはじめ、安斎育郎、壽岳章子などの大学人、福岡精道（清水寺勧学局長）、湯浅　晃（京都総評議長）、松村　茂（京都民報社長）など19人が、あたかも「梁山泊」に集ったように居並ぶなか、私は最年少の常任世話人として、なんとはなしに事務局担当となった。

非核と九条、そして北東アジアの平和

「非核の会・京都」にかかわりをもって、すでに三十余年が過ぎた。岩井先生はいまも役員をともにされ、最近のように天皇代替わりのような問題が提起されると、資料に裏付けされた堅固な論陣を張り、私が青春期からあこがれた岩井像を再現してくれている。その岩井先

生と「非核の会・京都」の役員として、いまもって席を同じくしているとは感慨深いものがある。同時にこのことは、「非核の会・京都」の活動が、「青春の蹉跌」の前後からの連続線上にあることの証左であろう。

三十余年に及ぶ「非核の会」の活動のなかで、年に一つのアイデアと限定しても三〇に達するさまざまなイベントを企画してきたが、もっとも心に残っていることを紹介しておこう。「非核の会」は結成当初は、府下の全自治体に核兵器禁止を中心とした「非核自治体宣言」を、地方議会で決議させることをめざした。このため、府下すべての自治体を訪問した。現在では非核宣言自治体は府下二七自治体のうち二五に達している。

他方、思考と工夫を必要とした問題は、「会」独自の「非核の政府を求める運動」とその他の運動、たとえば九条運動とか拉致被害者救済などとをどう連動させるかということであった。私の居住地の京都府向日市の「九条の会」を起点にしたひとつの運動事例を紹介しよう。

二〇〇九年一一月三日、向日市九条の会で「拉致被害者家族連絡会」前事務局長の蓮池透氏を呼んで「拉致問題から平和を考える」なる講演会をもつことになった。当初「九条の会」のなかには、保守的・右翼的な拉致被害者運動を、どうして九条の会がとりあげねばならないのかという疑念があり、激論になった。だが蓮池透著『拉致』（かもがわ出版）などを読んでみると、そこには拉致問題を成功させるためには、日朝の外交交渉を成功させ、「日朝の平和」を築くことがポイントであると主張されており、北朝鮮をかたくなにさせていた日本政府の失態の数々が鋭く指弾されていた。蓮池さんは、拉致問題の解決には朝鮮半島をふくむ北東アジアの平和こそが求められていることを明確に認識していた。この「北東アジアの平和」こそ、九条改変の策謀を封殺する決定的なポイントではないか！　他方で私は、これより数年前から京大物理学定年組の仲間たちと北東アジアの非核地帯化*のキャンペーンをやってきたが、これら三点を接合させること、すなわち（1）北東アジア非核地帯化の提唱、（2）拉致問題の成功的打開、そして（3）北東アジアの平和的進展による9条改変の口実の封殺、これらの三点は、それぞれ他二者の進展をうながす関係にあることがわかってきた。こうして蓮池さんの講演会は、向日市「九条の会」の総力を挙げた取り組みとなった。九条を守ることと拉致問題の解決は互いに連動していることが広く聴衆にも明確になった。帰りぎわに蓮池さんは、私にこういった。「九条の会で講演するのはじめてです。実は明日は東京の九条の会で講演することになっています」と。私は蓮池さんのつぶやきを聞きながら、ひとり心中で快哉を叫んだ。

*北東アジア非核地帯条約構想とは、（1）南北朝鮮・日本の三政府が「核兵器をもたないこ

と」を「条約」として締結する。（2）そして別途に「付属議定書」として米中露などの核保有諸国に、北東アジアにおいて核兵器の不使用（禁止ではないことに注目！）を承認させる、この二本の柱によって構成されるものである。現在、このような地域非核地帯条約は、中東、北東アジアの二地域を除き、その他のすべての地域において成立している。このようにして地球上で核兵器の「使用」ができなくなったとき、核兵器それ自体の「禁止」も、核兵器禁止条約の発効とともに日程にのぼってこよう。

グローバルに考え、ローカルに行動する

ともあれ、私学同志社の教職員組合の活動二〇年に引き続き、「非核の会・京都」を軸にした社会的活動も三〇年の歳月が過ぎた。こうしたなかで私は、その活動を「グローバルに考え、ローカルに行動する」をモットーとしてきた。そして京都と居住地の向日市というローカルの地に足場を築くことに心がけた。具体的には「非核の会・京都」であり、向日市の「九条の会」である。最近はこれに居住地の「年金者組合」への加入を付加した。このような社会的活動の歩みのなかに、かつて「青春の蹉跌」からの立ち直りのなかで痛感させられた「思想は現実と実践のなかで絶えず検証され、修正されねばならない」という至難な命題を心底に刻み付けてきたつもりである。

〈付論〉

「小さな都市」が発する非戦・平和の希求と覚悟

はじめに

「来たぞ、召集令状や、父の電話の声がふるえていた。」これは、京都の向日市九条連絡会が取り組んだ「向日市民、憲法の心をつづる一〇〇字メッセージ」によせられたものの一節である。「戦争をする国」における庶民が、どんなに不安におびえ、悲痛な思いを抱いていたか、短い文章のなかに凝縮されている。日本人の非戦・平和の想いの根底にある原体験ともいうべきものである。同様のものを数編、抜き書きしてみよう。

○父は出征し戦死、母の苦労は子どもの私でも心が痛んだ。
○父は警察に連行され、母と子どもは空襲で家を失う。
○戦時中、母の着物は米やイモになりました。
○燈火管制で医者に診せられずに死んでいった姉への負い目を、母は生涯もちつづけた。
○四才のとき、配給券をもって並んだ。

○大阪大空襲、空が真っ赤に染まるのを震えながら見ていた。
○孫に戦争だけは体験させたくない。

私は、この「向日市民、憲法の心をつづる一〇〇字メッセージ」の運動を、九条の会向日市連絡会で、二〇一七年五月の憲法記念日の取り組みがすんで、秋に向けてなにをするか議論するなかで提起した。この連絡会は、向日市にある六つの小学校区それぞれの「九条の会」とともに、新婦人向日市支部と乙訓医療生活協同組合九条の会によって構成されている。この論議を始めているうちに、一〇月に総選挙があり、その結果は、九条改憲をめぐっていっそう切迫した状況となった。新党「希望の党」が仕掛けた策謀は功を奏することなく終り、立憲民主党のさわやかな登場とともに、「市民と野党の連合」の大義のために「いさぎよさ」を発揮した日本共産党の見識をきわだたせたが、とはいえ、改憲派が国会議席数の三分の二を越え、改憲発議の強行が予感させられた。向日市の場合、総選挙の比例代表の得票数でいえば、自民・公明・希望・維新の改憲派の得票総数は、約一万五〇〇〇であり、これに対し立憲・共産・社民の改憲反対派の得票総数は約八〇〇〇であった。私たちの運動はここをスタート点としなければならなかった。つまり国民投票で向日市において改憲を阻止する責務を果たすためには、現状の一・五倍強の得票を確保しなければならない。九条連絡会における論議は、熱気をはらみつつも多岐にわたり紛糾した。

結局、落ち着いたところは、全国に呼応して三〇〇〇万署名のいっそうの推進をはかりつつ、運動の核心において九条を守り抜く思想と意識を結集する意味で、「一〇〇字メッセージ」を合せて推進しようということになった。

一、「他者との対話」とはどういうことなのか

さて、一〇〇メッセージ運動をはじめるにあたって、私は、人口五万の小都市向日市で五〇〇人の応募者数の確保を提案した。実は三〇年ほどまえに、「非核の政府を求める京都の会」で、『ハート・オブ・ピース』という非核平和の想いを綴った一〇〇字メッセージ文集を編むことに取り組んだ経験があった。その時は全京都府的にかなり大がかりで取り組んだが、五〇〇〇人の目標にたいして、結果は二〇〇〇人であった。今回は人口比でいえば五〇分の一の向日市だけの運動なので、五〇〇人目標でも過重ではないかというのが、私の胸算用であった。だが、連絡会の議論では情勢の切迫感からの「気負い」もあり、一〇〇〇人を目標とすることになった。そして応募者から五〇〇円の出版費用・掲載料の拠出をお願いし、完成した冊子一冊を贈呈するとともに、他に販価三〇〇円で広く読者を求めることにした。

こうして運動を開始したが、とたんに様々な困難が生じた。決定的なことは、予想してい

たこととはいえ、通常の署名や募金の活動との大きな違いに直面したことであった。署名や募金であれば、電話やビラでの依頼も功を奏することもありえるが、この運動は一〇〇字とはいえ、応募者本人が書くという自発性にまたねばならないことであった。九条や憲法に関連して、なにを、どのように一〇〇字以内で表現するかは、それなりに考え、それなりの知的労働をともなうことであった。事務局サイドとしては、一〇〇字のマス目の原稿用紙や例文集をつくって執筆を支援したが、逆に「一〇〇字ではおさまりきれない」という苦情もよせられた。こうした諸点の困難さは予想されておったが、どう書いてもらうかもっと事前討議をかさねておくべきだったと、いまさらながら気づいたが、それは「後の祭り」であった。

こうした要請や苦情に対応することは結構、大変であった。なかには逆に戦時中の体験からはじまって、今日にいたるまでの長い人生の体験を、延々と語り出すご老体もいたからである。ともあれ、せいぜい五分かそこらですむ署名や募金のお願いとは大違いの事態に直面した。この種の運動形態にははじめてであった活動家の皆さんにとっては、勝手が違う想いを禁じえなかったようである。もっとも長時間の記録としては、対話は七時間に及ぶ場合もあったのだ。こうしたこともあって、運動は地域や校区によってばらつきが目立ったのも不思議ではない。

いささかあせりにも似た想いをいだいた私は、向日市をふくむ地域で発行されている「乙訓革新懇ニュース」(二〇一七年九月一五日、一七一号)に、一文を草し、そのなかで次のように訴えた。

いま「九条の会」向日市連絡会は、市民一人が「憲法への自分の想い」を一〇〇字で綴って、小冊子にする運動を広げつつあります。それは、どんな事態になっても安倍政権には「憲法には絶対に手をふれさせない」という気概を内外に示す運動です。またそれは、いつの日か子どもや孫たちに、「あのとき、あなたたちはどうしていたの」と問われたとき、「こんな想いで頑張ったのだよ」という姿を残すためです。それは、私たちの父母や祖父母の悔しさや悲しみを繰り返したくないからです。……

また推進ニュースも幾度か発行したが、このような状況がしばし続くなかで、一条の光のように活路を開いてくれた経験談も生まれた。それは二人の年配女性のペア(一方は論客、他方は文筆を得意とするという絶好のペア)の奮闘であった。あるとき、この女性ペアのひとりと話しをする機会があった。彼女はこう語った。

「この運動をやって本当によかったです。これをやるなかで、自分のこれまでの長い活動経験はなんだったのか、と反省させられました。一筆書いてもらおうとすると、その人の生い立ちから青春時代へと至り、その人がどう生きてきたか何十年という人生の歩みそのものをまるっぽ聞かされ、それと対話することになりました。これまでの署名や募金の活動なんて、相手のほんの上っ面としか対話してこなかった。こんなことを自覚する機会をつくってくれたこの運動に感謝してますよ。」

この感慨の言葉は、わたしの周辺で最も頑張り屋で論法鋭い論客と目されている彼女の言葉だけに、このメッセージ運動の「いいだしっぺ」になった私にとっても、心から「やってよかった」という想いを抱かしてくれた。そして彼女たち二人の活動が「はずみ」になったのだろう、ぐんぐんメッセージ応募者が増加しはじめ、それがさらなるはげましともなって、全体的に前進の波が見えだしてきた。

当初、メッセージ応募の締め切り日を、二〇一七年一〇月二五日としていたが、総選挙との関係もあって最終的には一八年一月二五日に設定しなおして取り組んだ。

二、完成！六四〇人が寄稿！　京都新聞四段組み・カラー写真で活動と冊子を紹介

ともあれ、こうして六四〇人の寄稿数に達した時点で、運動は終了させ、さっそく編集に

かかった。まず本名・仮名・学区にかかわりなく、氏名の五〇音図順に配列した。これは各校区九条の会の分担責任で、パソコンに打ち込む奉仕作業によって遂行された。そして向日市在住の画家吉川泰史氏が、折にふれて書きとどめていた向日市の街並み風景画を、表紙絵と裏表紙絵に飾り、一〇数枚を挿絵風に配列することにした。ちなみに、この一三〇ページほどの冊子は出来上がると、なかなかの評判を博したが、その第一印象は「絵がいい」という声をしばしば耳にした。そこには全国最小といわれている小都市・向日市が、「ビルはすくないけれど、住みよい風情ある街並みであってほしい」という吉川さんと住民たちが共有する願いが、寂びのある筆致で描かれていたからだろう。

それからもうひとつ、編集上の工夫を凝らしたことがある。六四〇通のメッセージを氏名五〇音図順に配列してみたとき、数ページにひとつの吉川さんの挿絵があるものの、毎ページが小さな活字の羅列でおおわれているのは、なんとも芸がなく味気ない感があった。そんなとき編集のベテランとして作業の中心にいた石沢春彦さんが、毎ページに太字で小見出しを記入することを思いついた。しかも、その文言はそのページのメッセージ文章のなかから拾うという作業だ。「なかなかのアイデアだ」と思った。だが彼は勤務先の仕事の多忙のうえ、健康を害していたこともあって、その小見出し作業はあまり進行しておらず、大半が空白のままであった。その空白を見たとき、私は、「だれか、このあとのボールをもって走ってくれ！」

と彼が叫んでいるように感じられた。その夜、私は深更までかけて小見出しの選定・作成を完成した。これによって冊子をひもといたとき、寄稿者たちのさまざまな想いのポイントが、太字で毎ページに踊っている感を抱かせる効果をもった。居住地における活動の際にはしばしば生じるこの種のトラブルや故障は、気づいた者が、とっさに穴をうめることで進行していく。こんな助け合いも居住地活動の楽しさだろう。

ともあれ、こうして冊子『向日市民　憲法の心をつづる』は完成した。B5版一三五ページだ。落ち着いたたたずまいの街並みを描いた吉川泰史さんの表紙絵は、冊子に風情ある気品をそえていた。一五〇〇部を作成し、寄稿者に各一部を贈呈し、残部は一部三〇〇円で頒布することにした。

次いで「連絡会」は新聞記者会見を計画した。だが小都市向日市には大新聞の支局にあたるものはない。ただひとつ地元紙の京都新聞の連絡事務所があるだけであった。当日は、京都新聞以外では、京都民報社と赤旗関西総局が出席してくれた。

五月三日付け『京都新聞』朝刊には驚かされた。四段組みのスペースに、冊子を手に掲げた事務局代表の新堀悟史さんの大写しの顔写真がカラーで掲載され、タイトルには「１００字メッセージ＋６４０人」「憲法、平和考えて」「乙訓の市民団体が文集、現代史の証言に」が大きく踊った。新堀さんは会う人ごとに「市長選挙に出るのですか」と冷やかされたそうだ。

五月二〇日付け『京都民報』はまた異なって筆致で見事に要約されていた。とりわけ大見出しに「『来たぞ、召集令状や』父の電話の声が震えていた」を掲げていたのは秀逸であった。本リポートの冒頭でもこの一行を紹介し論じたが、この言葉に冊子の核心があると私も総括していたからだ。つまり日本人の非戦・平和の意識の根底には戦時中の悲しみ・苦しみが牢固として横たわっており、そのことが孫や子に伝えられ、今日、安倍改憲の策動に対する反撃のバネとなっているからだ。このことを、この言葉は凝集的に表現しているからである。小見出し一三〇ほどのなかから、この一節を大見出しに掲げた記者センスは見事といってよいだろう。

京都新聞や京都民報の紹介記事の効果もあったろう、六月末現在で一五〇〇部印刷した冊子は、六四〇人の執筆者への贈呈をふくめて、もはや事務局には残部は一〇〇部を切っている。増刷するかどうか、また頭痛の種になりそうだ。

三、「一〇〇字メッセージ」六四〇人の合唱　人生体験から発する非戦・憲法 賛歌の叙事詩

こうして昨年五月に思い立ってはじまった「メッセージ運動」も、ほぼ終結した。最後に六四〇筆の「一〇〇字メッセージ」の合唱を、あらためて全体的に整理・分類してみたい。

そこに戦時・戦後における日本人の国民的体験にもとづく非戦・平和意識の内実を垣間見ることができるであろう。

全体的な印象としては、わずか一〇〇字ほどの文章だけれども、そこにはその人が歩んできた人生についての語りがあることは、すでに随所で指摘してきたが、この六四〇筆を何度か読み返しているなかで、私の脳裏に以下のような分類が点滅してきた。

それは、三つの時期に分けてそれぞれの特徴を整理することができる。すなわち戦時中の体験に根差したものと、それから戦後体験に関連したものに大別し、後者の戦後体験を、安倍改憲が表面化した時期とそれ以前の時期にわけることができる。

（1）すなわち第一の戦時に関して、悲しい辛い体験が語られつつ、言外にそれらを二度とくりかえすまいという願いをこめて、日本人の非戦・平和の意識の土台が形成されている。

（2）第二の時期には、戦後の解放感とともに、平和と人権の憲法への賛歌が奏でられている。いわば戦時期におけるネガティブな非戦・平和の希求が、ここにはポジティブな確信に深められている様相が浮かぶ。

（3）そして最後の第三の時期には安倍改憲への危機感が語られると同時に、現憲法へのさまざまな非難・攻撃を浴びるなかで、逆に現憲法の価値の再認識、そして新たな憲法意識の目覚めが浮かび上がっている。たとえば、護憲の運動が憲法の条文を守ることに終始してきたなかで、改憲派は憲法の現実を着実に変えてきたこと（自衛隊の増強など）への反省も語られている。総じて安倍改憲の陽動によって、平和と人権の憲法意識がさらに鍛え直されている様相がうかがわれる。

このような三つの時期にわけて、それぞれの特徴をもった人生体験の叙事詩を見ることができる。しかも、これら三つの時期の体験が重ねられることによって、今日の日本における非戦・平和・人権の意識が形成されているのだというのが、この文集をくり返し通読して到達した印象である。

では、以上の指摘を「関連する章句」を抜き書きしながら具体的に見ていきたい。

（1）戦中体験によせて：くりかえすまい「戦中の悲哀と苦しみ」（この部分は、この付論の冒頭に引用したものと重複している部分もある）

《軍隊・戦場・戦死に関連して》

＊「来たぞ、召集令状や」父の電話の声が震えていた。
＊三才のとき、父の戦死、父の愛情を知らずに育った。
＊父は出征し戦死、母の苦労は子どもの私でも心が痛んだ。
＊お国のためと言って出征した兄が、生きて帰ってきたら喜んだ母。
＊「人殺しはいやなので、当たらないように銃を撃った」と父の話。

《空襲・燈火管制》
＊父は警察に連行され、母と子どもは空襲で家を失う。
＊燈火管制で医者に診せられずに死んだ姉への負い目を、母は生涯持ち続けた
＊大阪大空襲、空が真っ赤に染まるのを震えながら見ていた。

《食糧難》
＊戦時中、母の着物は米やイモになりました。
＊4才の時、配給券をもって並んだ。

《言論・思想の統制》
＊戦争中、「源氏物語」も「平家物語」も禁書だった。

（2）戦後の解放感、平和と人権尊重の憲法への賛歌

《戦後の解放感》
＊防空壕にはいらなくてもよくなった。ほっとした。
＊小6で憲法に出会った。日本は戦争しないんだ。嬉しかった。

《平和と人権尊重の憲法への賛歌》
＊府庁のたれまく「憲法をくらしのなかに」
＊生活を一変させた文部省発行『新しい憲法の話』
＊向日市に着任の先生挨拶「憲法と教育基本法に則り……平和日本を築かん」
＊私は9月生れ、9条守る。

（3）安倍改憲への危機感、新たな憲法意識の目覚め

《安倍改憲への危機意識》

＊子や孫は戦場には行かせない。
＊孫の運動会、この子たちの笑顔を消してはならない。
＊戦争嫌いやし！　母は怖い顔でテレビの「コンバット」を消す。
＊平和憲法70年、他国を侵略しなかった。
＊四つで敗戦、それから喜寿の今まで日本は戦争をしていない。
＊希望のプレゼント＝平和憲法、この宝を奪おうとするのは誰だ！

《新たな憲法意識の目覚め》

＊どうしてみんな仲良くできないの、と子らはつぶやく。
＊心を馳せる大切な友が海外にもいる。
＊「平和でこそ登山も楽しめる」山を愛する者。
＊憲法に合わせて現実を変えていこう。
＊憲法を変えるより、憲法のなかみを実現させることが大事。
＊憲法９条を世界遺産に！
＊向日市に憲法９条の条文を刻んだ碑を建ててほしい。

＊自衛隊も国民だ、平和の裡に生きる権利がある。

以上が六四〇人の憲法メッセージの要約であり、エッセンスである。幾度か通読した私は、ここには戦中・戦後のそれぞれの人生体験から発した非戦・憲法賛歌の叙事詩ともいうべきものがあると感じ入った。安倍改憲は、この国民の心と身体に深く根差した非戦・平和意識をまさに逆なでするものであることが浮き彫りされている。

こうした指摘は、いわれるまでもないことかもしれない。しかし、こうしたことが個々の体験・表現の集積、つまり集団意識として確認できたことは、着目すべきだろうし、「メッセージ運動」の大きなメリットだと強調していいだろう。いわば現代における日本人の非戦平和意識の記憶の歴史にとどめられるべきことである。

この冊子をしばらく会っていないかつての教え子に送った。ほどなく一通のメールが届いた。そこには冊子への礼状とともに、自分の父が戦後よく語った話が記されていた。父は出征し、負傷して片目を失い帰国したが、「両親や弟妹のためと思い、戦場へ行ったが、戦後になって、戦争に良いも悪いもないことが初めてわかった」と、よく話していたという。この一文を読んで、私たちの冊子を読んでくれた人々のなかに、同様の感慨を呼び起こさせ、それを、またこのように他者に伝達していくのか、と思った。わたしたちの冊子が投じた一石が、波紋を広げていく様を見る想いがした。

おわりに

最後に一地方都市における「憲法の心をつづる一〇〇字メッセージ運動」の数か月にわたる歩みを語り終えるにあたり、「地域運動」に関する若干の感慨を列記しておきたい。

第一につくづく感じたことの一つは、こうした運動を開始するに先立って、さまざまな角度から事前の論議をつくすことの大切さであった。運動のさなかに、この点もあの点も事前討議に付しておくべきだったと思うことは多々あった。だが、運動が開始されてからの軌道修正は混乱と戸惑いを産むだけであった。しかし、だからといって運動のさなかに提起された問題を無視することも、それはそれで違和感や疎外感を生じさせる。きめこまかな事前討議の大切さを改めて痛感させられた。

もう一つの感慨は、居住地におけるこの種の活動は、彼我が二手に分かれた陣地戦とは大きく違っていることだ。そこでは仲間同士が背中合わせになって、怒鳴りあいながら動き回る白兵戦そのものだ。ここでは味方がパスミスしたり、守備の「穴」に気づかなかったりした場合には、その責任の所在を追及しあうのではなく、気づいた者がミスをカバーしたり、自らが穴を埋めるべく身を挺することだ。そうでなければ居住地における白兵戦はなりたたない。すくなくとも前進できない。大局的には志を同じくしているなかにあってそうなのだから、政党・政派を異にした者同士の協力協同の道は、まだまだ創意工夫と気配りの積み重ねを必要とするわけだ。

第六章　日本とドイツにおける戦前・戦後

一　岩井忠熊氏との対談

■ドイツを模範国とした日本の近代

岩井　日本とドイツという問題を考えるとき、前提的なこととして、戦前に日本はドイツを模範国としてきたことを念頭に置く必要があると思うんです。明治初年に岩倉具視を正使として大使節団が欧米を回るわけですが、イギリスにひじょうに感心しています。しかし、とても日本のおよぶところではない、もう少し泥臭いところから日本は近代化に着手すべきだということでドイツが浮かびあがります。ドイツは普仏戦争で勝利し、いわばビスマルク帝国のような体制をつくっていく時期です。

それで、ルドルフ・フォン・グナイストとロレンツ・フォン・シュタインの助言を受け大日本帝国憲法ができあがります。ですから、明治憲法は「ドイツ風憲法」といわれました。その後、日本の近代化を主導した官僚たちの中心になったのは、〝独法〟といっていましたが、ドイツ法を学んだ東京帝国大学法学部のひとたちであったわけです。

ところが、その日本が東アジア世界でどう振る舞ったかというと、イギリスモデルなんです。

望田　そうでしたね。

岩井　日英同盟を結び、これが日本外交の〝根軸〟とまでいわれるのですが、東アジア、とくに朝鮮、中国に進出していく。国内ではドイツを模範に国づくりをすすめ、アジアに進出するときはイギリス追随でいく。ドイツは、東アジアでは有力国ではありませんでしたから、そこと提携しても利益にならないというのが根底にあったと思います。

望田　明治の国家建設の軸としてドイツを選んだのには、君主制と議会主義との関連の問題が大きかったように思います。議会主義を取り入れないとだめだが、しかし……、ということで、天皇制とのバランスをはからないといけない。その点で、プロイセン（ドイツ）の国家憲法体制と結びついたと思います。

他方、東アジアへの進出にさいしてイギリスとの同盟を選んだのには、当時の国際情勢がありますね。端的にいえば、ヨーロッパやアジアにおける国際対立の基軸として英ロ対立があって、ロシアと対立しつつアジア進出をはかる日本としては、連携の相手としてイギリスを選ばざるをえなかった。近代の日本外交は、英米を基本としてすすめていくわけですが、それが昭和に入ってドイツとの連携に帰着していくのは、アジアにおける英米との対立に至ったことが大きいわけですね。その軸の転換がどのようであったのかは、もっと検証されていいように思います。

たとえば、戦後日本の再建の中心ともいえる吉田茂は元来、英米派でした。戦争末期には軍部との葛藤があったといわれます。しかし、だから戦後はアメリカ追随か、というのはあまりに単純化しすぎると思います。今日の日米同盟という問題は、戦前からの外交史の問題として再検討と検証が必要なのではないでしょうか。

岩井　日本とドイツの歩み方の違いを考えるうえで、第一次世界大戦の経験を持ったのか、持たなかったのか、あるいはその経験、反省をどう取り入れたのか、ということが大きかったのではないかと思います。日本は、口は悪いですが、要するに儲けるだけ儲けただけで、反省など何もしていない。欧米諸国がヨーロッパで激しくたたかっている隙に、対中国二一ヵ条要求などでほとんど中国での利権の拡充に進んだわけです。ドイツは、経過はいろいろありますが、第一次世界大戦の敗北の反発からナチスが出てきたともいえるわけですね。

日本はそういう風に問題をとらえなかった。ヴェルサイユ体制ともいわれる、国際連盟の結成や不戦条約の締結など、新しい国際的な平和維持のかたちがつくられるなかで、ワシントン会議では軍事同盟を結ばないことが提唱されて日英同盟も解消することになります。しかし日本は、孤立しながらも大陸政策を変えようとはしなかった。国内では中央集権体制をつよめ、強力な陸海軍をつくっていきます。行政国家といわれるほどに官僚制がひじょうに優勢になる。これが、アジア・太平洋戦争を始めるまでの基本的な歩みだったように思います。

ただ、その官僚制、強力な中央集権体制がはたして国民を掌握できたのか、ということでいえば、いくつか問題点はあります。たとえば、強力な行政国家のもとでつくられた行政村と昔からある村落共同体の問題です。必ずしも一体化できなかった。伝統的な村には、火事になったら若者組とか若衆組とよばれる者たちが中心になって消火活動に当たるなど、しきたりがあって、村を維持するうえで大きな役割をはたしてきたわけです。神社や鎮守さまも村ごとに持っていた。宮本常一さんは『忘れられた日本人』で、思いもよらない慣習がずっと生きている、といっていますが、それらは行政村を掌握できない世界だといってもいいし、村ごとに維持されてきた秩序や風紀などは、明治の近代国家にとってむしろ歓迎されざるものでもあった。

そこで、明治政府は神社合祀策等をすすめるわけですが、よく知られる南方熊楠・柳田国男などのつよい反対もあってうまくいかなかった。日中戦争の段階になって、国家総動員体制をつくるために政府の方針どおりに動く行政村にしていかなければならないということで、新体制運動をやるわけですが、これも成功しなかったというのが研究者の一致したところですね。その総力戦体制のモデルとして考えたのがドイツだったということになるんだと思いますが、しかし、ナチスがどのようにしてああいう国民統合を成し遂げたのかということは、関心は持っていましたが、言論界もちゃんとした理解は持っていなかったというのが率直なところではないでしょうか。

■ユンカーと新しい知識層

望田　農村の問題でいえば、ドイツにはご承知のようにユンカーという独特の大地主、貴族があって、第二次大戦の敗北と東ドイツの農地改革によって解体されるまで、ずっと強固につづいてきました。ところが軍部でいいますと、一九世紀の六〇年代くらいまでは貴族、ユンカーの子弟が幼年学校から士官学校を出て将校になることが多く、ユンカー層を軸として官僚、軍部を壟断・支配していたといえます。しかし、軍の近代化にとって将校には知識層が望ましいということがあって、一八六〇年代以降、アビトゥーア（大学進学資格）を取得したら無試験で将校になれるようにします。これによって、第一次世界大戦直前には、若手将校ではアビトゥーア取得者のほうが多数になりますし、とくに海軍では八〇〜九〇％になります。

ユンカー主導の軍部という構成は、とくに将官クラスでは第二次大戦までつづきますが、下級将校は、官僚あるいは大学教授、知識層などと同様に、ユンカーというよりも、アビトゥーア取得者（知識層）が優位に立つようになるわけです。

岩井　日本ではそのような特権的地主層は成立しませんね。大地主は東北地方に多かったのですが、彼らは農民支配のうえに新しい産業に資本を出すとか、そういう力は持っていましたけれども、軍部まで壟断するというようなことはできませんでした。伝統的な貴族というものも、公家とか領主とか、明治初年まではいましたが、名目的で、実権は下級武士が握っていました。初期の軍をつくり指揮した山県有朋などはその好例です。

その後、幼年学校─士官学校─陸大というのが順当なコースになっていきます。私も誤解していたのですが、幼年学校は戦死者の遺族は無料ですが、結構高い学費を払わないと行けませんでした。士官学校からは無料になるのですが、日本の場合、良くできる子弟が幼年学校に入ると、旧領主などが資金を出して援助したわけです。私的な奨学金制度を設けたところもあります。これが、軍隊内で閥をつくる根源になります。幼年学校では、語学は独、仏、露で、英語はやりません。中学から士官学校に入ってくる者もいるのですが、彼らは英語と当時でいう支那語をやります。彼らは英米の軍制を学び、その軍事力を知っていましたが、軍の主流になることはありませんでした。せいぜい師団長ぐらいまでだと思います。

軍の中枢はしたがってアメリカを研究せず、銃剣による白兵戦でやれば勝てるという安易な考えだったわけです。その典型が、ガダルカナルの戦いでした。初めに一個連隊程度を出し、ほとんど全滅させられると、こんどは旅団、つぎに師団、これも全滅でついに方面軍というように小出しに出して壊滅させられる。嘗めていたとしか思えません。あれから一度も日本軍は勝っていないでしょう。アメリカ軍をまったく研究していなかったし、理解していなかったのですね。

望田　ドイツのユンカーもまた没落していくのですが、それは支配体制の動揺につながりかねないわけですから、その危機感から国家がサポートしてなんとか維持しようとします。ところが、知識層によって社会が主導され、時代が動いていくわけですから、軍の体制も以前のままというわけにはいかない。アビトゥーアは一九世紀末には同一世代の二%ぐらいといわれていますから、日本でいえば帝国大学生ぐらいになるでしょうか。それが軍の若手を占め、多数派を形成していくことになるわけです。社会的にも、ドイツ近代化の大きなうねりをつくっていくことになります。

■戦後の変化と継続と

岩井　「戦後レジームからの脱却」をいう安倍首相が読んでいないことで話題になったポツダム宣言ですが、あれを受諾することで敗戦となり、戦後の出発があったわけです。しかし、無条件降伏だったかどうか。たしかに、軍隊にとっては無条件降伏でした。武器を取り上げられ解体されたわけですから。しかし、天皇制の国体は護持されるということで受諾した、そういう有条件であったともいえますし、官僚制は維持され、占領軍はそれを利用して占領政策を実行しました。一時は追放された人たちもやがて公職に復帰します。高等文官試験と上級国家公務員試験とはよく似たところがありますし、東京大学法学部出身が官僚機構のなかでいちばん力を持っていることもつづいています。

先ほど、行政村と古くからの村落共同体の話をしましたが、戦後の農地解放は地主制を一掃し、自然村の秩序に変動を来すことになります。それを決定的にしたのは、高度成長に向かっての農村から都市への労働力の移動です。「金の卵」といわれた中学卒業者たちの集団就職、朝鮮戦争とベトナム戦争による特需は、日本資本主義の戦後復興を実現しました。そのときに、自然村も消滅したといえるのではないでしょうか。

では、都市に移動してきた労働力、その人たちは、都市共同体をつくることができたのかといえば、それはできなかった。東京には神田まつりがあり京都には祇園まつりがありますが、その担い手になれたかというとそうはいかなかった。見物する側に置かれた。担うのは、祇園まつりでいえば古くからの京の町衆だった。その点では、都市共同体は近代的なかたちで成熟することができなかったのではないかと思います。

望田　戦前は日本もドイツもファッショ体制ではあったわけですが、日本は上からの強権が主導し、ドイツの場合は第一次大戦後に君主制を崩壊させてワイマール体制をつくり、それを下からのファシズム運動としてのナチスがひっくり返して政権を取る、ということだったわけですね。もちろん、日本の場合も二・二六事件などをふくめ草の根のファシズムがなかったわけではありませんが、ともあれ、そういう状況の違いがありました。

その違いは、戦後出発のときのあり様に影響します。日本は、戦前体制を否定して新しい体制をつくる、ということになります。しかしドイツ、西ドイツの場合ですが、戦後出発の原点に「ワイマール体制への回帰」が意識された。新しい体制をつくるのではなく、ナチスがつぶしたワイマール体制へもどるという選択をします。ですから、たとえば教育で見ると、日本では戦後改革で改変された学制、旧制高校や大学などの複線的制度に似た、階層秩序的なものが、ドイツでは再現されることになります。ですから、日本の方がずっと先進的だったといえます。西ドイツが旧制高校的なギムナジウムやアビトゥーアなどの特権性を否定するのは、高度成長を経た一九七〇年代になってからでした。
ぼくらの学生時代は、日本の方が学生運動でも平和運動でも、西ドイツよりずっと進んでいるという思いでした。

岩井　戦後に京都の民科を結成する中心になった動物学の山内年彦さんは、ナチスが台頭する時期にドイツに留学していた人で、〝日本とドイツのファシズムは全然違う。ドイツ人のなかには、ナチスもいれば社会民主党員も共産党員もいる。それぞれが街頭で訴え、デモもする。その衝突のなかでナチスが勝っていくことになるが、日本ではそんな動きは一つもなかった。上の方で采配をふるったら一斉にしたがい、戦時体制ができあがっていった〟とよく聞かされたものでした。

望田　戦争をしないと憲法にうたって再出発した日本は、いま、「戦争する国」になろうとしています。ドイツ（西ドイツ）は、軍隊を持ち、憲法改正をし非常事態法をつくって、「戦争できる国」として出発しましたが、だからこそナチスの国を再現させない、侵略の国にならないと強調して、近隣諸国との和解を進め、EUのリーダーとしてヨーロッパを牽引するまでになっています。このコントラストですね、戦後七〇年の間に、いったい何があったのかはもっと問われてよいと思います。現代史において、「戦後」という言葉が特別の意味を持つのは日本とドイツに共通するわけです。アメリカ、イギリス、フランスなどは、戦前・

戦後はたんなる時期区分としてはあるが、体制的・政治的にはむしろ連続性のもとにあり、本質的な転換・変化が論じられるのは、日本とドイツだけです。

ところで、西ドイツでは七〇年ごろが重要な転機だったのではないかと考えています。この頃、フェミニズムや反原発、環境保護、非核平和の運動など「新しい社会運動」が広がります。そのころを転機とした社会的変化を象徴するものとして、たとえば裁判官の問題があります。「日独裁判官物語」という映画がありますが、その冒頭が印象的です。日本の最高裁判事の出勤風景が出てきますが、黒塗りのベンツで出勤します。しかし、ドイツでは、憲法裁判所の判事がバイクとジャンバーで出勤します。

ドイツでは〝よき裁判官たるには、よき市民たれ〟といわれ、家に帰ったら一市民として環境問題や平和問題などで地域の住民運動にも参加する模様も描かれています。日本では裁判官やその家族は地域の住民との接触・交際さえも禁欲されます。いわばドイツでは七〇年代に法曹の世界がちょうどナチ時代の人たちが退職し、世代交代の時期だったのですが、この時期に「新しい社会運動」の展開が重なり、市民社会に適合的な裁判官層が生まれたわけです。

日本の場合には、米軍基地を憲法違反とした砂川事件の伊達判決をはじめ、憲法判断には触れなかったものの自衛隊の鉄条網切断に無罪を言い渡した恵庭事件、教科書検定は検閲にあたり憲法違反と断じた家永教科書裁判の杉本判決など、六〇年代末まではいい判決も出ていました。

しかし、七〇年の青法協（青年法律家協会）問題（最高裁事務総長が、裁判官は政治的な団体に入るなという談話を発表し、それまで、原水爆禁止、安保反対、ベトナム反戦などの運動を進めてきた青法協に、事実上、加盟しないよう示唆した）あたりから、ドイツとは逆に法曹界の保守化・反動化が起きたように思います。

日本とドイツの戦後改革を考えたとき、西ドイツは「ワイマールへの回帰」をいいつつ、ナチスのようにはならない、軍隊は持つが侵略はしないということを近隣諸国に明確にしなければならなかった。それは、いわば保守的な戦後第一次改革にとどまらないで、もう一度変えないといけないことがいろんな局面で出てきて、それに対応して戦後第二次改革をすすめなければならなかったということだと思います。六八年世代といわれる、西ドイツでも盛んだった学生運動のリーダーから社会民主党の指導者になったシュレーダーや緑の党の指導者たちなども出てくるのですが、ともあれ西ドイツは七〇年前後に一皮むけたといえます。いわば戦後の第二次改革をくぐりぬけてきたのに対して、日本は、戦後の第一次改革の利子を食いつぶしてきた「つけ」がまわってきているのではないでしょうか。

■戦争責任と戦後責任

岩井　安倍首相は、「戦後レジームからの脱却」をいい、「日本を取り戻す」といっていますが、取り戻す日本の方向が日米同盟の強化で、「戦争する国」になるというのは大きな矛盾でしょう。あの人は、日本が戦争したことも、戦争によって大きな犠牲をアジアの人たちに強いたことも、何とも思っていなくて、ただ負けたことだけが頭にあるようですね。

望田　過日の共産党志位委員長との党首討論でも、ポツダム宣言を受け入れたことを認めるのかという質問に、安倍首相は曖昧なかたちで逃げていましたね。そこに問題があるわけです。

ドイツの場合、幸か不幸かナチ党があってそれに全責任を負わせることができました。本土決戦をやり、最高責任者のヒトラーは自殺しましたが、ナチ党の指導者たちへの責任追及をやってきました。しかしその後、はたしてナチ党とその幹部にだけ責任を負わせるだけでいいのか、たとえば医者はどうだったのか、歴史家はどうだったのか、と議論をかさねてきました。今世紀に入っても議論は広がって、歴史学会や精神医学会でも戦争責任や戦争犯罪を正面から問うことがやられています。

戦争責任の問題は、それは戦後責任ということにもなると思いますが、それだけ手間がかかるし、簡単にはいかないことでもある。しかし、ドイツはそこへ到達してきたといえます。世界で最も民主的といわれたワイマール体制のもとで、ナチ党を第一党に押し上げたドイツとドイツ国民の問題を議論立ててクリアしていこうとしているのだと思いますね。

日本で見ると、ぼくの親父なども大政翼賛会に入っているのですが、私が高校生時代に、どうして入ったのだと聞いても、〝町の人びとみんなが入ったからな〟という程度の認識でした。ナチ党員は、敗戦時に九〇〇万に及んだといわれていますが、当時のドイツの人口は六千万ですから、入っていない人のほうが圧倒的です。ですから、入党は選択の問題であるわけです。ナチ党が政権を取った三三年の選挙のときに一票を入れたのも選択ですから、その責任は分かりやすいわけです。日本はそういう責任が曖昧になっている、ぼやーっとしています。〝一億総懺悔〟といわれると反発するけれども、そういわれるような状況、社会心理状況にあったこともたしかですね。

ですから、だれがどう責任を負うかということが、ドイツはナチ党の追及をつづけるなかで、それにとどまらないで、それぞれの団体や個人もふさわしい責任の取り方が問題にされてきました。日本では最高責任者の天皇の責任を曖昧にしたことで、戦後の一時期を除けば、議論されずにきて、それぞれの責任の所在があいまいにされたままになっている。

岩井　『昭和天皇実録』が出ましたね。全部を読んだわけではありませんが、幼年時代、御学問所へ通い始めたころをみると、三分の一から半分近くが軍事にかかわる事柄ですね。子どものころから軍人教育、軍事づけだったんだなと改めて感心しました。戦前の天皇は必ず軍服を着ていましたし、国家の権力装置のなかで大元帥の占める位置は大きかったわけですね。権威の源泉だったことがよく理解できます。戦後も、その意識から本当に抜けることはできなかったように思います。ただ、昭和天皇で大事だと思うのは、靖国神社にA級戦犯を合祀したさい、文民の松岡洋右や白鳥敏夫を一緒にしたことに腹を立て、その後行かなくなったことがあります。イデオロギー的に重要な事件だと思います。

余談ですが、いまの（平成）天皇は、窮屈な昭和天皇の時代にもどるよりいまの方が好ましいと思っていることが言行に現れています。美智子皇后も、歴史の専門家は別とすればそれほど知られているとは思えない「五日市憲法」に言及し、自由民権運動の中でいまの憲法に近いものがつくられていたことに感銘をおぼえる、といわれました。平野神社に詣でたときに、天皇家と朝鮮百済王族との関係から韓国とのゆかりをのべたこともあります。

私はこれらを興味深く見ています。つまり、こういう一連の発言あるいは行動は、いまのままの方がいいという発想から出てきていると思うわけです。自民党が変えようとして出してきた憲法草案は天皇の元首化です。そういう改憲論にどういう影響を持つかは分かりませんが、保守主義の立場からではあるけれども、その変えようという動きを牽制しているように思えます。

望田　ヨーロッパのような君主制としての存続の可能性を、真剣に探究しているのでしょうね。

岩井　ですから、憲法の第一条、象徴天皇制について否定的意見を持っている人も、あるいはこれでいいじゃないかと考えている人も、ともに手を携えて安倍政権の改憲の動きに抗していくべきだと思うわけです。

話を戻しますと、国民にとってみるとあの戦争は、加藤周一さんではないけれども「ある晴れた日に」突然はじまり、「ある晴れた日に」突然終わった、という感じなんですね。それほど開戦への経過は国民に知らされていなかった。日米交渉で野村大使がアメリカに行った、ルーズベルト大統領と会った、ハル国務長官と会談した、ということは伝えられるけれども、そこで何が話し合われたのかはまったく知らされなかった。もちろん外交問題だから、何から何までということにはならないでしょうが、それにしても情報も議論もなく、戦争に引き込まれていった。戦争は、自分たちとは無関係のところでおきた、自然現象みたいに受けとめていた。そこには、主体性が生じないわけです。ですから、その主体性を持たなかったということについて国民大衆にも責任があると思います。

いわんや多少は知識のある人々は、注意深く見ていればいろいろ関知できたわけですから、大きな責任があるでしょうね。たとえば、新聞社などが出している年鑑を追ってみますと、昭和一二年と一三年のあいだに大きな転換が起きていることが分かります。鉄鋼生産量が一二年の年鑑にはあるけれども一三年にはなくなっている。他国のそれも一三年にはなくなっている。総動員法で公表が禁じられたのだと思いますが、それでも一二年までの数字を見ていると、彼我の国力の差は歴然としているわけで、合法的な手段で理解できるはずなんですね。それを見ようとする努力をしなかった。そこに大きな責任があると思います。

ぼくは四一年に旧制姫路高校に入学し、そこで江口朴郎さんと出会います。江口さんはそれまで外務省の文書課におられて、外交史料や外国の新聞、「プラウダ」なども読まれていたんですが、それらの情報から「日本の敗戦は歴史的必然」と断言されました。ひじょうに感銘しました。なるほどそういうことなのかと納得しました。それでもぼくは、京大に入学し、徴兵延期が撤廃されると海兵団に入団して海軍予備学生に採用され、特攻隊に志願します。航海士の教育を受けていたのですが、もうそのころ（四四年）になると、同じ死ぬなら体当たりでもして、という気持ちでしたね。

それはともかくとして、ぼくは江口さんから戦争について目を開かされ、理解もした。そういうことに接する機会を得た者の責任を感じます。加藤周一さんは、天皇の戦争責任と豆腐屋の責任は同じじゃないといわれました。まったくその通りですが、しかし、天皇の責任が曖昧にされているからといって、豆腐屋も曖昧でいいとはならないでしょう。ましてぼくは知らされていた、知っていた。そこに生じる責任を負って戦後七〇年、研究者として生きてきたわけですけれども、なお中途であることに忸怩たる思いがありますね。

■知識人の存在、知の役割

望田　「反知性主義」が指摘されますが、いまは知性とか理性、知識人などというものの価値がずいぶん地盤沈下しています。そういう全体の雰囲気が、大学人や知識人だけにではありませんが、ものをいいにくくさせています。大学も、いってみれば何をしてもいいところだったのが、君が代・日の丸が強制されようとしています。これに対しては広く反対の声が起こっていますが、ぼくは、大学が一つの拠点になって大学人、知識人がもっと発言していかなくてはいけないと思います。企業や官庁とくらべると、大学はそれでもまだまだ自由があるわけですからね。

戦前、出征するわが子に母親は、表向きはお国のためにしっかりやれといっていても、二人だけになると、けっして死んでくれるな、生きて帰って来いと話したといわれるような、表に出せない内心の思いを抱えている人は現代に多いと思います。そういう非戦の思いを反戦の動きにつなげて広げていくことが、いまの大学人、知識人に求められているのではないでしょうか。知識人は、たとえばいまの集団的自衛権や戦争法について、分かりやすく解いて語ることが求められますが、同時に、今のままでいいではないか、戦後七〇年、戦争もせず戦死者も出さずにきたのをこれからもつづければいいんじゃないか、という広範な人びとの気持ちに呼応するような議論をしていくことが大事だと思いますね。

岩井　滝川事件がありますね。一九三三年、京大法学部教授滝川幸辰の学説はマルクス主義的だといって免職を通知してきたことにたいして教授会がはげしく反発しました。戦前の自由弾圧への果敢な抵抗として知られますが、ぼくが先輩たちに聞いたのは、むしろ滝川さん個人への評価ともかかわって、学生の対応はそれほど尖鋭ではなかったということでした。滝川さんは反動的だと見る人もあったようですね。それでも、このときは東大をふくめて大きな運動が起きました。しかしそのあと、美濃部達吉さんの天皇機関説がやり玉に挙げられたとき（一九三五年）は、「三二年テーゼ」がすでにあって、天皇制打倒をいっていたので、とり立てて取り組まなかったといいます。

つまり、当時の運動の側の弱点ですね。学問、言論の自由という点から、美濃部さんをもっとささえるべきであったと思います。東大でも、宮澤俊義さんら美濃部さんの後継の方々がおられたのに大きな反対の声はあがっていません。人民戦線的抵抗が十分考えられなかったわけです。斎藤隆夫代議士が三〇年代半ばからしばしば議会で軍のあり方や「支那事変」

などについて反対意見を述べていましたが、これについても、同情者はいたが、積極的支持の運動はほとんどなかったといえます。たしかに、それができる状況だったかどうか、客観的な情勢の問題はあるのですが、主体の側に問題はなかったのか、狭さはなかったのか、と思うわけです。

そういう状況のもとで、当時の京都大学の進歩的学生は、学生のやれることはどういうことなのかを追求していきます。大学生は勉強したいと思って入ってきているのだからと自主的な研究会を組織し、自治会や文化団体などを合わせてひそかに指導部、京大ケルン*と呼びましたが、それをつくります。研究会の組織など日和見主義だという人もいましたが、それなりに広がりをつくることはできました。しかし、盧溝橋事件後になると治安維持法の拡大解釈によってそれもつぶされ、ケルンのメンバーも次々にやられてしまいました。いまから思うと、その運動でも一種のセクショナリズムのようなものがあったように思います。

＊京大ケルン　一九三〇年代、学生運動の中心的活動家による「学生評論」などの組織・サークル集団が、次々に官憲による弾圧にさらされたが、そのひとつに「京大ケルン」と称する組織・出版物が登場した。日本共産主義者団との関係も取り沙汰されたが、その実態の詳細は未解明である。（岩井忠熊『十五年戦争期の京大学生運動』文理閣、二〇一四年に素描されている）

望田　戦後は、滝川さんについては向こう側の人という感じでしたね。滝川事件については、受け継ぐべき戦時下のたたかいと見ていたことは間違いないとしても、その人となると、何とはなく違和感はありましたね。

岩井　戦後はむしろ河上肇さんのほうですかね。私なども記念会のメンバーになって、河上祭などをやってきました。

望田　ずっと続いているわけですから、それが一つの伝統として息づいているわけですね。

岩井　先ほど都市共同体の問題で、近代的なかたちで成熟することができなかったといいましたが、ちょっと補足しますと、河上祭などにもいえることなのですが、その伝統は京都の人間だけではつくれなかったわけですね。京都という土地の特性でもあるのでしょうが、他所から入ってくる人を排除することはありませんし、強いものや権威を振り回すものには警戒的です。強い相撲取りも陸軍大将も総理大臣も出ていません。総理大臣になった芦田均さんがいますが、彼は京都というより丹波の人ですね。知事を長くやられた蜷川虎三さんは江戸っ子です。祇園祭はたしかに町衆がになっているのですが、彼らだけで成り立っているわけでもないのです。都市共同体の成熟という問題と、平和や民衆運動の進め方というのは、どこか似ているところがあるんじゃないでしょうか。

望田　そうですね。戦後の学生運動を見ても、マルクス主義の影響が濃厚であることは間違いないんですが、参加する学生の範囲がずっと広くなった。指導グループはマルクス主義を信奉していたとしても、運動全体は反戦平和、民主主義の幅広い意識のもとに進められた。もう一つ、とくに京都では、戦時中に人民戦線論の影響を受けた知識人たちが戦後、大学や市中でイニシャチブを発揮して、大衆化した学生運動に理論的な力を提供していった。そういう相乗作用が五〇年代から六〇年代の大きな民衆運動のうねりをつくっていったと思います。そうした歴史の経験からいま大いに学ぶ必要がありますね。

岩井　文科省が進める大学改革は軽視できませんが、それに抵抗する力も、たとえば京都大学の総長選挙や、私学ですがこんど立命館大学の総長選挙などでも示されていると思います。そういう運動と、知の拠点としての大学づくりという問題とを結びつけて力を大きくしていくことですね。イスラムや中近東が大きな話題になっていますが、日本の大学であそこのことを系統立てて教え、研究しているところはほとんどありません。日本の高等教育は、世界を知る上で大きな欠落をかかえているんです。そういうことを本当に克服し、新しい知の拠点づくりの方針をいまだからこそ持たなければならないと思います。知性、理性はこの時代だからこそ必要なのですから。

（２０１５・５・21、於京都）

二　戦後平和主義の条件――「九条問題」によせて

はじめに――比較の論点

戦後日本における平和主義六十余年の歩みは、いくつかの曲折を経つつも、基本的には戦争の悲惨さ、とりわけ「原爆体験」とともに憲法第九条を軸心にして歩んできたといえよう。その九条の改変をストップできるかどうかが問われている今日は、まさに日本戦後史の重大なターニング・ポイントに至っているといっても過言ではない。そのような意味で、九条問題は、戦後史六十余年の歴史的回顧のなかで論じられる必要があろう。

ところで憲法九条の改変への動きの基本的な理由は、アメリカの世界戦略に沿って、「いつでも、どこにでも派兵できる自衛隊」の創出にある。このことは、九条をめぐる対話活動においてかなりの説得性をもって浸透しつつあるが、いぜんとして九条問題における中心的論点であることに変わりはない。他方、対話活動において説明に困難な点は、「北東アジアの不協和音」を口実にした九条改変論である。それは、論理的・政策的に説明しても、北東アジアにおいて現実にトラブルが発生しているなかでは、説得に困難さがつきまとっている。つまり日本が近隣諸国との和解・友好の関係を築きえていない点に重大な問題を抱えている。

本稿は「九条問題」を以上の二点に焦点化して、戦後史の流れのなかでドイツとの比較・考察を試みようとするものである。したがって比較の論点は、日本に即していえば、以下のような問いとなるであろう。

第一は、戦後日本の対米従属性（九条問題を発生させている根本的要因）は、いかなる戦後史的事情によって形成されてきたのか、という問題である。第二は、日本が北東アジア諸国と和解と友好に至りえていない戦後史的事情（九条問題を困難にしている根本的要因）はどこにあるのか、という問題である。

なお、ここであらかじめことわっておきたいことが二つある。第一は戦後ドイツという場合、一九九〇年のドイツ統一までは西ドイツ（ドイツ連邦共和国）を指していることである。戦後ドイツそれ自体を論じる場合には、東ドイツ（ドイツ民主共和国）もふくめなければならないが、日本との比較の際に同質性のレベルで論じるためには、西ドイツに限定するのは必要かつ許されることであろう。第二は、現代ドイツを論ずるスタンスに関連したことである。最近、とくに統一以後のドイツにおいて安全保障や新自由主義的経済の推進などにおける問題点が露呈し、それへの批判も表明されている。しかし私は、そうした批判的見地が必要・不可欠であることは認めつつも、本稿におけるように「日本との比較」という視点で論じる場合には、全体的にはドイツは日本よりはるか先に位置していることに力点をおいて扱うべきと考えている。それは日本における問題性の異常さの戦後史的根源を浮き彫りするうえでも必要なことであろう。

(1) 戦後国家の発足と再軍備問題

戦前・戦後の連続・非連続

戦後国家を語るといっても、戦前体制との連続・非連続の関係についても一言しておくべきだろう。それというのもドイツでは第一次大戦後、当時としては先進的なワイマール民主主義体制が成立したが、それが「下」からの大衆運動としてのナチ党に、しかも合法的な選挙（有権者の選択）で第一党（一九三二年、得票率三七％）の地位を許すことによって、崩壊＝ナチ国家の成立を見たのである。これに対して日本では明治以来の天皇主権的国家によって、主導的には「上」からのファッショ化がなし崩し的に行なわれ、広範な国民の自覚的選択の希薄なままに軍部独裁へと推移した。

このような事情の相違は、多様な作用をしたが（山口定ほか編『歴史とアイデンティティ――日本とドイツにとっての一九四五年』思文閣出版参照）、本稿の主題にとって重要なことは、戦争責任・戦後責任の国民的論議の広がりに影響したことである。つまりドイツでは、ともあれナチ支配国家とそれ以前と以後との三つの時代の区分が明確に弁別でき、むしろ戦後国家はナチ国家の否定のうえに、それ以前のワイマール国家への復帰とも見なされたのである。ところが日本では戦前・戦時と戦後の連続・非連続の関係があいまい化され、そのため「過去の否定ないし反省」への国民的コンセンサスを形成するうえで困難さを生み出した。この点は、本稿における第二の問題点（近隣諸国との和解・友好における相違）のルーツとして認識しておかねばならない。

戦後国家の発足のタイミング

さて、それではまずドイツ（西独）と日本における敗戦と占領の事情、そして戦後国家が発足したときの事情から見てみよう。まず敗戦の終結条件の問題である。ドイツの場合、東西全戦線にわたって本土決戦が行なわれ、ソ連軍による首都ベルリンの攻略、独裁者ヒトラーの自殺によって戦いは終わった。これに対して日本の場合、沖縄をのぞけば本土における直接的な戦場化はまぬがれ、天皇はじめ国家統帥部は無傷のうちに敗戦を迎えた。だが一般国民にとっては、アメリカ軍による本土主要都市の爆撃、とりわけヒロシマ・ナガサキに原爆が投下され、今日に至るまで被害の深い爪あとが刻み付けられた。

こうした敗戦体験の相違は、戦勝国による占領体制に相違をもたらした。すなわちドイツが米英仏ソの四カ国の分割占領のもとにおかれたのに対し、日本は連合軍司令部の管理下とはいうものの、事実上、アメリカの単独占領のもとにおかれた。このことは、ドイツが東西冷戦のまさにつばぜりあい（直接対決）の場と化していったのに対し、日本が対米従属下に組み込まれる決定的条件となった。

こうした占領の刻印に加えて、戦後国家の発足におけるタイミングが、戦後国家のあり様へと影響していく。ここでいうタイミングとは、冷戦の公然たる激化との出会いの時期関係のことである。つまり大戦の終結前から底流していた米ソ冷戦は、四カ国分割占領下にあったドイツにおいて、ベルリン封鎖（一九四八年六月～四九年五月）となって公然たる衝突へと至った。ベルリンは東部をソ連が、西部を米英仏がそれぞれ分割管理していたが、西ベルリンは、ソ連管理下の東部ドイツによって囲まれた「孤島」状態におかれていた。そこへ四八年六月、ソ連によって西ベルリンへの交通や電力・石炭の供給が遮断され、完全に孤立状態になった。これに対し西側諸国は、西ベルリンの生活物資を大空輸することによって、さらに逆に東側への物資輸送の禁止によって対抗した。

ここで重要なことは、このような一年間ほどの公然たる東西対決と連動して、米英仏管理地区にドイツ連邦共和国（四九年五月）が、そしてソ連管理地区にドイツ民主共和国（同年一〇月）が相次いで発足したことである（C・クレスマン『戦後ドイツ史』未来社、第三章）。

こうして冷戦激化期の分断国家として出発した西ドイツにおいて、その憲法にあたるものがあえて「基本法」と呼称されたのは、「統一」までの暫定性を示すものであり、「統一」という遠い道程を予想させる課題が背負わされたのである（基本法については『ドイツ憲法集』信山社二〇〇九ページ以下）。そして、その基本法では、ただちに再軍備が謳われたわけではなかったが、日本国憲法第九条のような戦力不保持については明確化されなかった。逆に第四条で「何人も、その良心に反して、武器をもってする軍務を強制されてはならない」という良心的兵役拒否を定めたことは、将来における徴兵制を前提にしたものという解釈を許したのであった。したがって西ドイツでは再軍備の進行に対して、再軍備そのものの是非よりも、「侵略への歯止め」（ナチ国家の再現の否定）をどう構築するかが問われてくる。

これに対して日本国憲法は、東西冷戦が公然たる対決をあらわにする「ベルリン封鎖」＝一九四八・四九年のわずか二年ほど前の四六年十一月に公布されている。つまり日本の戦後国家は、第二次世界大戦の反ファシズムと民主主義という連合国共通の理想がいまだきらめいているなかで生誕したのである。そこにヒロシマ・ナガサキの原爆体験とともに、日本の平和主義の根幹をなす、戦争と軍隊を否定する憲法九条が成立しうるタイミングがあり、発足時において再軍備を排除していなかった西ドイツとの相違を見ることができる。ここには日本において再軍備が着手されるならば、「九条問題」が重大な争点となることが予兆されていた。

再軍備と憲法問題

だが以上のような国家体制の生誕事情の違いにもかかわらず、一九五〇年六月、朝鮮戦争という「熱い戦争」の勃発は、日本・西ドイツともに再軍備の道に突入させ、再軍備反対の動きとの葛藤を生み出していくが、そのあり様にはそれぞれ独自の色調を帯びていく。

まず西ドイツから見ていくが、その際に中曽根内閣の時代（一九八二〜八七年）のことが想起される。当時、中曽根首相は「戦後政治の総決算」の名のもとに、日本の戦後民主主義への公然たる挑戦を試み、とりわけ政党活動の規制を企図した政党法の制定を推進した。このとき中曽根首相と彼のブレーンたちが、その政治的願望のモデルとして引き合いに出したのが、西ドイツである（政党法については、廣渡清吾『二つの戦後社会と法の間』大蔵省印刷局、補遺の一、二）。彼らの脳裏に映じていたのは、徴兵制、政党法、有事法制＝戦争・非常事態法、親書・通信の秘密制限法など、これらを備えた西ドイツの政治像であった。それも、いわゆる後発国ではなく、先進工業国である西ドイツであるからこそ、日本における「戦後政治の総決算」のモデルにふさわしいと思われたのである。

ここに点滅した西ドイツ政治像は、公然たる冷戦の激突の渦中で生誕した西ドイツ国家が、その後に歩んできた帰結であった。つまり出発点において基本法（憲法）に軍備をもたないことを明記せず、むしろそこでは将来における徴兵制の導入を前提しているという解釈を許していたのである。したがって朝鮮戦争の勃発という情勢の緊迫化とともに、アメリカによって西独軍の創設が提示されると、一定の曲折はあれ、それは不可避となった。だが、かつてナチスによって侵略・占領を体験した周辺諸国、とりわけ隣国フランスは、「ドイツ軍の再建」に対する警戒心を強くもっていた。国内にも再軍備反対の世論の広がりがあった。

このため結局は西独軍のＮＡＴＯ（北大西洋条約機構、西ドイツ国家発足の一カ月余前に結成、アメリカを含む十二カ国加盟）への編入（西独軍の総司令部はおかれず、ＮＡＴＯ参謀本部がこれに代わる）を条件に、再軍備は本格化する。当初は志願兵制が採用されたが、五六年には徴兵制が導入され、基本法（憲法）の改正によって、第一二条で兵役義務を定め、第八七条ａで軍隊の設置・出動・任務を、同条ｂで国防行政に関する条項が追加されたのである。ちなみに、この徴兵制が成立した翌月、ドイツ共産党が違憲判決を受け禁止されている。

こうして軍隊の創設が行なわれると、軍隊の動員の前提として、武力攻撃の切迫性の確認方法などを法的に定める必要が生じる。これは「戦争・非常事態法」として、広範な反対運動に抗して、六八年に成立した。それに対応して基本法（憲法）に第一一五ａ～ｌ条が追加された。また他方で同年、「親書・通信の秘密制限法」（いわゆる「盗聴法」）が、その前年には「政党法」が制定された。こうして後年、中曽根首相が「戦後政治の総決算」を呼号しつつ、モデルとして思い描いた「西ドイツ政治像」が形成されたのである。今日流にいえば憲法改正ももなった「戦争できる国」としての相貌がここに現れていたのである。

以上が朝鮮戦争を転機に展開してきた西ドイツの道であるが、これに対して日本においてはどうであったろうか。日本では、戦争勃発とともに占領軍が朝鮮半島に出動する状況のもとで、連合軍司令官マッカーサーの事実上の指令によって、名目上は警察力を補うものとして警察予備隊七万五〇〇〇が、アメリカ軍事顧問団の指導下に組織され、翌年、軍備として保安隊への改組を経て、五四年に陸海空三部隊の軍事組織＝自衛隊が設置された。そして数次にわたる防衛力整備計画などによって、最先端兵器を装備した軍隊となっていった。こうした動きに対して、戦力保持を否定している憲法九条に違反するものという声が議会内外で叫ばれた。その背後には悲惨な戦争・原爆体験にもとづく国民の非戦の願いがあり、それは、再軍備の進行に対し広く厚い抵抗線を形成していた。ここに戦後日本における独特な憲法状況が生まれる。

ここで再軍備問題を論じるに際し、対米従属性の問題との関連で、ＮＡＴＯと日米安保条約について付言しておかねばならない。さきに述べたように西ドイツの再軍備は、アメリカ主導のＮＡＴＯへの西ドイツの加盟によって、日本の再軍備は、講和条約と同時に調印された日米安保条約によって、両国ともにアメリカの冷戦戦略のなかに明確に組み込まれた。

だが、このことに関して、こんなエピソード的な体験がある。私は一九九六年、戦後五十年ということで八月十五日、ベルリンでの日独平和シンポジウム（意見交流）に出席した。日本側二十名弱、ドイツ側三十名ほどであった。このとき、二つの敗戦国が過去を反省し、平和の道を歩まねばならないことの相互の理解は通じ合った。だがすれ違ったままであった論点は、ドイツ側のこんな発言が象徴していた。「日本側はどうしてアメリカへの従属性や日米安保条約のことに執着しつづけるのか」と。日本側の発言者たちのなかには、「日米安保条約のもとの日本」と「ＮＡＴＯのもとのドイツ」とを類似性においてとらえようとする傾向があったからである。だがアメリカ主導という共通性はあっても、十カ国を超える多国間条約としてのＮＡＴＯと二国間条約としての日米安保条約においては、アメリカへの従属性の「強度」には大きい落差があったのは、けだし当然であった。

さて、ここで再軍備をめぐる憲法問題に立ち返ろう。

これを考えるうえでの基本的視点を提示しておきたい。それは、憲法九条を改変することなく、事実上、それに反する現実が構築されてきたという日本的状況をとらえるうえで不可欠の視点である。それは憲法の条文と政治現実（憲法現実ともいう）と憲法解釈（憲法イデオロギー）という三者の関係でとらえる視点である。すなわち、どんな条文もそれだけでは紙の上のことであり、それに見合ったもろもろの法律や制度が形成されることによって、生きた現実＝政治現実となり、生きた条文となる。このような憲法条文と政治現実とを架け橋する重要な要因が憲法解釈（憲法イデオロギー）である。

つまり、どのような憲法解釈が政府要路によって「正統的解釈」として採用されるかである。その際に政党間の対抗と力関係から、広くは国民のなかに広がる意識と運動のあり様にいたる諸要因が関連してくるのはいうまでもない。

以上のような三者の関係から、再軍備をめぐる戦後日本の憲法状況を集約するならば、どうなるか。まず憲法解釈についていえば、政府・保守派のなかには、改憲論を唱える流れもあったし、アメリカ政府側も当初から、再軍備のためには憲法改正が必要であると想定していた（A・ゴードン編『歴史としての戦後日本』みすず書房、四八ページ以下）。だが、結局のところ「解釈改憲」論が主導的役割を果した。つまり九条では自衛のための戦力は容認されている、したがって自衛隊は憲法違反ではないとされ、この見地が歴代の政府要路によって支持されてきた。これに対して自衛隊は憲法九条が否認している「戦力」にあたるとし、「自衛隊＝九条違反」論という解釈論が対置された。

つまり一方に、再軍備反対論として、九条という「条文」を守ることに力点をおく立場があり、他方に憲法の条文はそのままにして、再軍備という「現実」（三〇万の自衛隊）を構築する立場との対抗である。ある意味で「条文」と「現実」との「すれ違い」状況が生まれた。こうした状況のなかでは、交戦や海外派兵だけは認めない立場、また自衛隊内の民主主義教育や言論・思想の自由などを推進する議論は成熟しえなかった。

私はここで、かつて蜷川虎三京都府知事が唱道していた「憲法を暮らしの中に生かす」というスローガンを想起する。私自身もしばしばこのスローガンを口にしたが、これをどこまで実践化しえてきたか、と自問せざるをえない。このスローガンこそ、条文としての九条を存続させるだけなく、九条に見合った政治現実を構築することの大切さを説いていたのではなかったろうか。

以上を要約すれば、敗戦・占領と戦後国家の発足における事情の違いによって、再軍備への対応は西ドイツと日本とでは異なった様相をみせた。西ドイツの場合には基本法（憲法）の改変（追加）も幾度か重ねつつ、関連諸法も制定しつつ「戦争しうる国」の体制に到達したが、日本の場合には戦力不保持を謳った九条を存続させつつ、また憲法の改変を行なうことなく、強大な軍隊の存在を許している、という結果に至っている。そして、同じようにアメリカ主導の冷戦体制のもとでの再軍備であったが、ＮＡＴＯと日米安保条約という条件の違いは、アメリカへの従属度において大きい開きをもたらした。

だが、以上が両国の「再軍備政治」のすべてではない。むしろ、それは楯の半面である。

もうひとつの反面を見なければならない。そのためには、両国の経済復興と国際社会への復帰の事情、そして近隣諸国との和解・友好と「過去の反省」という諸問題を俎上にのせる必要がある。この過程を見ることによって、中曽根首相とそのブレーンたちがモデルとして思い描いた西ドイツ像が、まさに楯の半面像であったことが、また日本の場合、一方で対米従属性の深化とともに、他方で近隣諸国と向き合うことなく過ごしてきた事情が明確になるであろう。

(2) 経済復興、近隣との和解、過去の反省

経済復興と近隣諸国

まず経済復興の道程から比較しよう。ただし、ここで論じようとしているのは、経済復興が近隣諸国との関係においてどのような作用をしたかということである。西ドイツの場合から見よう。戦後ヨーロッパ諸国は、ドイツに対する警戒感を強く抱いていた。しかも、その多くはナチスによる被害国であり、加えて多くは工業発展度の高い国々であった。端的にいえば、西ドイツが積極的にこれらの近隣諸国との和解・友好の関係に努力し、これらの諸国との交易・経済関係を形成しなければ、西ドイツの経済復興は重大な困難に直面することも

ありえたのである。

このことは、理念的にいえば西ドイツが、かつてのような「ヨーロッパの上に立つドイツ」ではなく、「ヨーロッパのなかのドイツ」でなければならなかった。これは西ドイツの戦後外交を貫く理念となった。すでに述べたように再軍備コースも、結局はＮＡＴＯへの西独の加盟というヨーロッパ的枠組みのもとで容認されたのであった。

ここに端的な事例を挙げよう。戦争終結から数年後の一九五一年四月、「ヨーロッパ石炭鉄鋼共同体」が発足した。これは、西ドイツとフランス・イタリア・ベネルックス三国の間で成立し、石炭・鉄鋼という戦争のための基幹物資の生産を国際管理下におくものであった。これによって、とりわけ過去一世紀半において四度にわたって戦火をまじえたドイツ・フランスの間で、もはや物理的にも戦争を起こしえない国際システムが構築されたのである。これが、今日のヨーロッパ連合（ＥＵ）に至るヨーロッパ統合の起点となったのは指摘するまでもなかろう。ここには西ドイツがかつての敵国ないし被害をあたえた近隣諸国に対して、たんに経済上、和解・友好の関係を形成するにとどまらず、不戦のヨーロッパ共同体へと歩んでいる形姿がある。

こうして西ドイツは、一九五〇・六〇年代に高度経済成長と国際社会への復帰への道を開いていくのである。なるほどアメリカの経済援助がヨーロッパ経済の復興に作用したことは、抑えておかねばならないが、しかし六〇年代初頭、西ドイツ民間資本の輸出額で見ると、対ヨーロッパ輸出額が対アメリカ輸出額の六倍であった（前川恭一『ドイツ独占企業の発展過程』ミネルヴァ書房、三二〇ページ）。

これに対して日本が経済復興のきっかけをつかんだのは、朝鮮戦争（一九五〇年勃発）とベトナム戦争（五四年勃発）におけるアメリカの「特需」によってであった。つまり日本の経済復興は、アジアにおけるかつての日本による被害諸国にむきあうことなく、アメリカ一辺倒によって達成されたのである。しかもアジア諸国は、五〇年代のアジア・アフリカ会議に見られた「希望の光」も、ほどなく消失し、工業国への離陸も思うようにはならなかった。そのため日本に対してきびしく戦争責任を問うことよりも、日本からの経済援助を得ることに関心を向けていた。こうした状況は、日本がアメリカの単独占領下におかれ、安保条約のもとで再軍備を行なうという「負の要因」に加えて、日本経済の対米従属性を深化させ、アジア諸国との和解・友好の道を二の次にさせたのである。

さて、このように西ドイツと日本におけるそれぞれの経済復興の道筋の違いから生じた問題性は、過去における近隣諸国への責任への対処における相違を生み出す条件ともなり、そのことがまた近隣諸国の関係に逆流していったのである。

西ドイツは既述のように基本法（憲法）の改変までして再軍備の道を歩んでいったが、かつての「ナチスの国」がこのように再軍備をするとなれば、それは、けっして過去の侵略をくりかえさないことを明確に検証する、という重い国際的課題を西ドイツに背負わせることになった。それは、軍隊に対するシヴィリアン・コントロールとか議会による統制とかの制度的・法的整備を必要としただけではない。過去のナチスの支配と戦争・占領による加害と被害に対する追及と謝罪・補償をきちんと果たさねばならなかった。つまりドイツで「過去の克服」と称せられていることを遂行せざるをえなかったのである。

「過去の反省」

西ドイツではすでに一九五〇年代・六〇年代に、ナチスの戦争と暴力支配による犠牲者たちに対して、謝罪と補償の基本的枠組みが法制化され、その後、その枠組みや対象が拡大された、という経過はつとに知られている（石田勇治『過去の克服』白水社）。そのポイントを示せば、被害補償と加害追及の二面がある。すなわち（1）迫害と暴力支配の被害者への補償である。これは当初、ユダヤ人に重点がおかれた状態から、シンティ・ロマ（ジプシー）、安楽死や強制断種を受けた人びと、同性愛者、兵役拒否者、脱走兵など迫害を受けた人びとに対する補償にも拡大され、さらには強制労働の被害者への補償基金も創設された。これらは国籍を超え、軍籍を超えた（たとえば空襲被害者）補償であった。

（2）加害者への追及である。西ドイツではニュルンベルク国際軍事裁判において戦争犯罪が裁かれたことにとどまらず、その後も自国の司法の手による「ナチス追及」を続けた。しかも一九七九年には「ナチスによる大量殺人罪をふくむ殺人罪一般の時効の撤廃」を国会で議決し、ナチス重大犯罪を今日に至るまで自らの手で追及し続けている。

こうした法制・司法上の実績のうえに、戦後史の節々における指導的政治家の注目を浴びた発言がある。たとえば一九七〇年、ポーランドとの和解・正常化のために首都ワルシャワを訪れた西独首相ブラントは、ユダヤ人犠牲者追悼碑のまえにひざまずいて献花をし、ナチス時代の加害行為に謝罪の意を表明した。また八五年には大統領ヴァイツゼッカーは、『荒れ野の四〇年』（岩波ブックレット）なる議会演説で、ナチス時代の罪への反省を行なった。こうした行為は世界的に喧伝され、西ドイツにおける「過去の克服」の評価を高めたのである。

では日本においてはどうか。まず日本における戦争犯罪の追及は、東京国際軍事裁判で終わりを告げた。ドイツが今日でも自国の司法の手によって追及し続けているのと対照的である。また軍人・軍属への経済補償はなされているが、ドイツのように空襲被害者など民間人への補償は行なわれていない（原爆被害者にさえ不十分！）。さらに日本では治安維持法犠牲者の補償要求の運動がいまだ実りを見せていないが、ドイツではナチズムの迫害に対する補償を定めた連邦補償法第一条一項（五六年）で次のように規定している。「ナチズムの犠牲者とは、ナチズムに政治的に敵対するという理由から、もしくは人種、信仰または世界観上の理由から、ナチズムの権力装置によって迫害され、それによって……被害を受けた者である」と。西ドイツ・日本との間には大きい落差がある。

このような大きな落差が、本稿にとって重要なことは、かつて被害をあたえた近隣諸国との和解・友好の問題と関連していることである。近隣諸国の工業発展度がきわめて低い時期には、それらの諸国との和解・友好を欠いていたことも、日本に対するインパクトとはなりえなかったかもしれない。しかし近年のように東南アジア諸国や中国・韓国のめざましい工業発展・経済成長のもとでは、これらの諸国との和解・友好は、日本の未来にとって決定的な重要性を帯びてきている。経済的必要性から急場しのぎに東南アジア経済共同体との連携をはかったり、経済的互恵関係を唱えても、ドイツが近隣諸国との間に築いているような友好関係には至りえない。それどころかアジア諸国との不協和音を逆手にとって、九条改変の理由にするならば、日本はアジアで「孤在の道」以外を歩むことはできないであろう。このことは逆言するならば、アジアないし北東アジアにおける和解・友好の大道が開けてくるならば、九条改変の道は重大な困難に陥るであろうことを示唆している。

おわりに

一九九〇年のドイツ統一と九一年のソ連の崩壊によって、いわゆる冷戦は終わった。しかし強大化したドイツは、ヨーロッパ最強のマルクを放棄して統一通貨ユーロに統合されたように、いっそう「ヨーロッパのなかのドイツ」であろうとしている。しかし北東アジアでは「冷戦の残り火」はくすぶり続け、日本の支配層のなかに冷戦的思考は消えてはいない。そして二〇〇三年、イラク戦争が勃発したとき、日本政府はアメリカの要請に応じて自衛隊を派兵し、やがて九条改変の動きが表面化する。ドイツ政府はイラク戦争反対の広範な世論に呼応して出兵を拒絶した。たしかに、アメリカ軍の国内基地の使用や領空通過までは拒否しなかったが。

戦前・戦後に同じような「運命の星」のもとにおかれながら、両国の対応にははっきりした違いを認めざるをえない。こうした違いは、これまで述べてきたような両国の戦後の営みのなかに条件付けられている。だが戦後ドイツが見せた相貌も、けっして単線的なものではなく、「戦争しうる国」と「侵略しない国」・「近隣との和解・友好の国」との葛藤に彩られていた。日本が九条改変を阻止することによって、「もうひとつの日本」への道をどう切り開くか、そのための理論の探究と運動の推進が求められている。その際、おそらく東アジア共同体との連携や北東アジアの非核化の問題を、どうとらえ、どう運動化するかが重要な課題となろうが、これについての論究は他日を期したい。

三　排外主義の条件

はじめに

二〇一四年四月三日付『朝日新聞』は、その社説において「欧州の右翼」の勢力拡大について論じている。そこでは、「移民の排斥などを訴える右翼思想の政党が、欧州のいたる所で勢力を広げている。排外的な主張が若い世代の支持を集めていることだ。……EU（欧州連合）平均で若者の四人に一人が失業中。行き場のない閉塞感が不満に拍車をかける。」と懸念を表明している。そして「政治の劣化が社会の排他的な空気を悪化させている」と指摘しつつ、「偏狭な主張には正面から反論し、難題について丁寧な説明を尽くす。」と結んでいる。

こうした憂慮と提言は、日本においても妥当する。昨今、一方で東アジアの諸海域において国際的なトラブルがひんぱんにおこり、他方、集団的自衛権の閣議決定に至る安倍内閣による暴走や戦前への反省の修正作業が推し進められ、それが相互に連動し合って、排外主義的言動が、とりわけネット世界において目立つようになっている。

本稿では戦前・戦後を類似した歴史的歩みのなかでたどってきたドイツと日本の対比を念

頭に、ドイツにおける排外主義（レイシズム）の条件について考えてみたい。

(1) ドイツにおける外国人労働者の条件

「ガストアルバイター」から「招かれざる他者」へ

ドイツにおける外国人に対する排外主義ないしレイシズムの高波は、一九八〇年代から顕著になる。旧西ドイツでは五〇年代後半〜六〇年代に高度経済成長を迎えたが、それに必要な労働力の不足を、イタリア、トルコ、ユーゴなど八カ国と相次いで協定を結んで、外国人労働者の受け入れによって対応してきた。当時、彼らは「ガストアルバイター」（ガストとは客の意）と呼ばれ、いわば「出稼ぎ労働者」として歓迎されたのである。だが六〇年代後半には戦後最初の不況におそわれた。そして一九七三〜七四年の石油ショック以後、政府は外国人労働者の受け入れをやめ、帰国促進を図った。だが、これによって、外国人の入国は困難になったが、逆にすでに滞在している外国人労働者の滞在の長期化や家族の呼びよせが生じるようになった。

ちなみに私は七五〜七六年にドイツ留学の機会をもち、大都市ケルンで暮らしたが、トルコ人やイタリア人の在住者の多いのに驚かされた。彼ら彼女たちは特定地域に偏って居住し

表1　旧西独の外国人人口と外国人就労者の推移
（単位：100 人）

年	外国人人口	人口比（%）	外国人就労者
1960	686	1.2	279
1968	1924	3.2	1015
1975	4090	6.6	1933
1985	4379	7.2	1536

（近藤潤三『統一ドイツの外国人問題』53 ページより抜粋・作製）

ていたこともあって、ある小学校ではトルコ人の子どもの比率が一番高いと聞かされた。

加えて八〇年代にはいるとアジアや東欧から流入する外国人が増大したばかりか、高度成長社会からサービス社会への経済構造の変化にともない、大量の失業者が発生してきた。こうした事態のなかで、「外国人が多すぎる」という一般感情を背景に、これまで「ガストアルバイター」として遇されてきた人びとが、「招かれざる他者」と見なされる風潮が強まってきたのである（表1）。

被迫害者と移住者の問題——ドイツ統一をめぐって

こうして一九八〇年代に入ると「外国人問題」は、「ガストアルバイター」から「招かれざる他者」へという文脈で受け取られがちになったが、八〇年代後半から九〇年のドイツ統一前後にかけて、外国人・移住民問題に大きな変化が訪れた。それは社会経済的な変動にともない、ソ連・東欧圏また

表2　ドイツ入国の庇護申請者

（単位：1000人）

年	総数	旧ユーゴ	トルコ	ルーマニア	その他
1988	103	21	14	3	65
1989	121	19	20	3	79
1990	193	22	22	35	114
1992	438	123	28	104	183
1994	127	39	19	10	59

国別表記は上位三国のみ。
（『事典・現代のドイツ』99ページより抜粋・作製）

東独から西独へという労働移民の流れが生じたこと、さらに政治体制の変容と混乱にともない庇護を求めての移住（難民や「共産圏からの離脱者」）であった。庇護権問題の発生である。それは、基本法（憲法）第一六条に定められているように、政治的信条などを理由に祖国で迫害を受けた者がドイツに亡命してきた場合、身の安全のために庇護を受ける権利を意味していた。これはかつてナチスによって多くのドイツ人が国外へ追われ、その国で庇護されたことにかんがみ、戦後ドイツ（西独）の国家としての人道主義的精神の表明とされてきた。

こうした事情のもとで、ドイツに入国した難民は、たいていこの庇護権を申請した。**表2**に見るように毎年一〇万人以上の申請者があり、ピーク時の九二年には四三万人を超えた。

これらの申請者たちが基本法（憲法）一六条に定められた「庇護権者」なのかどうかの審査は簡単ではなく、長期にわたった。その間、彼らに衣食住も保障された。こうした事態に対して、ドイツ人の失業者や生活困難者などの社会的憤懣が向けられた。ここに、庇護権をめぐって国論を二分する論争が起こってきた。そして九三年に基本法が改正されて、その規定は残されたが、政治的迫害がないと認められる国々を経由してきた難民には適用しないことになった。このように基本法改正にまで波及したことは、ドイツにおける外国人問題をあらためて社会的争論の舞台にのせ、右翼勢力による排外主義的扇動に好機をあたえたのであった。

(2) いわゆるネオナチの今昔

極右勢力の消長の条件

以上のような戦後ドイツにおける外国人問題の節々において、「外国人、出ていけ！」と叫ぶ排外主義的叫びが挙げられた。第二次世界大戦後におけるドイツでは、排外主義的な外国人排撃を叫ぶさまざまな政治集団・グループは、たいていネオナチと呼ばれてきた。たしかにナチスの運動実績は大きく、思想・政策・戦術、さらには服装やライフスタイルにいたるまで、その影響は広きにわたっていた。ヒトラー・ナチスの書物や言動は、ドイツ右翼の「聖典」であった。したがって戦後ドイツの右翼的な言動が、なにがしかの意味と程度で、ネオナチと呼ばれる理由もそれなりに認めることができる。

だがナチス時代の末期に二〇歳代の青春期を過ごした者でも、いまや今世紀には九〇歳を超えており、いわばナチ残党という意味でのネオナチの活動家は例外的な存在となっていた。つまりナチスの台頭と躍進の時代と戦後、とりわけ冷戦終結（ソ連・東欧社会主義の崩壊）以後とでは、状況はいちじるしく変容している。その意味でネオナチという用語よりは、今日においては「新右翼」とか「現代右翼」という表現のほうがふさわしいだろう。このような意味で、ネオナチの今昔を語りうるであろう。

戦後ほどなくナチス後継組織として注目されたのは、社会主義帝国党であった。だが、この党は五二年に、憲法裁判所においてナチ党の後継組織として違憲の存在とされ、禁止された。ちなみに基本法二一条で「自由な民主的基本秩序を侵害もしくは除去……することをめざすものは違憲である」とされ、この判決を受けた場合には禁止されたのである。ちなみにドイツではナチス的な宣伝・流布に対しても、刑法によって禁固刑または罰金刑が、また特定の国家・民族・宗教グループに対する憎悪の扇動や暴力行為に対しても禁固刑が科せられる。

こうして六〇年代初頭までは極右勢力にとっては冬の時代が続いたが、六四年、それまで分散化・孤立化していた右翼勢力の結集体として「ドイツ国民民主党」が結成された。この党は、六〇年代後半に、七つの州議会選挙それぞれで得票率六〜九％で総計六一議席を獲得し、国際的にも「ドイツにふたたびナチスの台頭」と報じられた。だが、七〇年代の三つの州議会選挙には四％さえ越えられず敗北した。それでは、なぜ国民民主党が一時的にせよ進出しえ、その後急速に後退したのだろうか。それには二つの理由が考えられる。第一は戦後最初の不況期（六六〜六七年）を迎え、失業者が七〇万近くに達したことである。第二に二大政党による大連合政権が成立し（六六〜六九年）、事実上、国民の不満を吸い上げる野党が不在となり、国民民主党がそのパイプの役割を果たしたのである。

ところが六九年に大連合政権が崩壊し、社民主導政権が成立し、キリスト教民主同盟という強力な保守派政党が野党にまわることになった。そして、この保守派政党が国民の不満を吸い上げる機能を果たすようになり、もはや国民民主党のような小極右政党が食い込む余地は大きく制約されたのであった。そのことは、選挙結果だけでなく、国民民主党の党員数にもあらわれ、六九年＝二万八〇〇〇人、七二年＝一万四五〇〇人、七八年＝八五〇〇人と後退した。こうしたことは、極右政党が独自の支持層をもっていたというよりも、むしろ大半の支持層は既成の保守政党の支持者のなかに潜在していたのであり、状況によってその一角が崩れ、極右支持に顕在化したのだといえよう。

ドイツ統一以後の排外主義的暴力と若者たち

次にネオナチが注目を浴びたのは、ドイツ統一後のことであった。一九九三年五月二九日未明、ドイツ西部のゾーリンゲン（ナイフやハサミなどの製造地として有名）で、トルコ人二〇人ほどが住んで居た住宅が放火され、数人が焼死体となった。このトルコ人は六〇年代初めにドイツにやってきて、いまや二〇人ほどの大家族になっていた。犯人は一六歳二人、二〇歳、二三歳の若者で、極右政党「ドイツ国民同盟」のメンバーであった。この事件は国際的にも注目を浴びた。東欧諸国の体制転換やドイツ統一にともなう難民の激増、不況と失業の増大があり、憤懣のはけ口として「外国人は出ていけ！」「ドイツはドイツ人のために！」と叫ぶ極右・ネオナチの暴走を激発させた。

ゾーリンゲン事件以前にも、九二年八月二二日、旧東独のバルト海沿岸の町ロストックで、若者を先頭にした一五〇人ほどが、難民の収容施設を投石や火炎瓶で襲撃し、機動隊ともみあった。そして驚くべきことに、周辺から集まった群衆二〇〇〇人ほどが、襲撃する若者たちを声援しはじめた。襲撃ともみあいは一〇時間におよび、州政府は三〇〇人ほどの難民たちをなんとか避難させた。この九二年には極右暴力犯罪の総数の八八％（二二八三件）が外国人に向けられており、犯人の世代構成をいえば九七％が三〇歳以下であり、二〇歳以下が七〇％弱であった。

一九八〇年以降の金融・経済危機にまきこまれたヨーロッパでは、今世紀になってドイツ主導のもとに各国の緊縮政策を採用した。これによって企業倒産や失業の激増、賃金・社会保障などの引き下げに対する国民の憤懣の広がりがあり、スイス・オランダ・ノルウェー・デンマーク・フィンランド・フランスなどヨーロッパ各国で、新種の極右政党をふくめて勢力伸長が注目されており、ドイツにも波及している。ここでは外国人の流入に反対するとともに、グローバル化に異議を唱え、ＥＵよりも自国の利害を優先させるナショナリズムの波が高まりつつある。つまり経済的困窮と外国人排撃とが連動するとともに、自国利益とＥＵ優先との葛藤といった二つのレベルの問題があった。さらに昨今では文化・宗教上の葛藤もある。イスラム女性のスカーフ問題をめぐってクローズアップされてきたが、そこには政治と宗教の分離というヨーロッパ的近代原則か、イスラムに対するヨーロッパの傲慢なのか、多文化共存の社会をどう構築するかといったデリケートな論争に直面している。

おわりに――ドイツと日本を対比しつつ

「近隣諸国との友好」と「過去の戦争犯罪への反省」

ドイツと日本を対比しつつ、現代における外国人への排外主義を考えるとき、排外主義とは逆の意識・行動、つまり「近隣諸国との友好」と「過去の戦争犯罪に対する反省と謝罪」という問題に着目せざるをえない。この二つの点においてドイツは日本よりはるか先を走っていることは、あらためて指摘する必要はないであろう。ポイントだけ示せば、前者については、ソ連・東欧諸国との積極的な友好関係を推進し始めたのは、一九六九年に始まる社民党主導政権による「東方友好外交」であった。西側諸国とは、すでに五二年に発足した「ヨーロッパ石炭鉄鋼共同体」によって、フランス・イタリア・ベネルクス三国と西独との間に「不戦の物理的保障」の体制（戦略物資の石炭・鉄鋼の国際的共同管理の体制、ＥＵのルーツ）が確立された。他方、ユダヤ人虐殺をはじめとするさまざまな戦争犯罪に対する謝罪と補償も五〇年代から開始され、二〇〇〇年には、それまで着手されていなかった強制労働の被害者への補償が、「記憶・責任・未来」基金という名のもとに行われることになった。ちなみに、この基金法はドイツ連邦議会において全政党の同意のもとに成立した。加えて、すでに本論において述べたように、ドイツにおいてナチ的扇動や外国人への不法な言動や行為は、刑法上、禁じられている。

以上に述べただけでも、「近隣諸国との友好」と「戦争犯罪に対する反省と謝罪」の二点において、ドイツは日本のずっと先を走っている。このことを考慮にいれるとき、排外主義的言動が発生する根源や背景にも、おのずと異なるものを想定せざるをえない。たしかに急激にグローバル化してきた国際社会というなかで、「ナショナルなもの」を対峙させる風潮が発生してくる事情には、共通のものがあろう。しかし日本の場合にはそれだけでなく、かつて中国や朝鮮を蔑視し、侵略と植民地化の対象としてきた時代意識の残滓は、国政上においても、運動上においても、克服すべき重い対象となっており、現代日本の排外主義の広がりにも色濃く影を落としている。

そもそも国籍とは

二〇一四年、ドイツ連邦議会は、ドイツで生まれた外国人に対して二重国籍を認める法案を可決した。すでにドイツをふくむEU諸国にとっては「国境なきヨーロッパ」が生まれている。それが、いまやヨーロッパ外からの外国人に対しても「国籍の壁」が低くなったのである。元来、ドイツは日本と同様、国籍取得の場合、両親のいずれかの国籍を引き継ぐ「血統主義」を採用してきた。それが近年になって、米英仏などのような「出生地主義」に接近してきたのである。「血統」がどうかというよりも、「ドイツで生まれた」からドイツ人なのである。

外国人とは「血統を異にするもの」という感性も、あるいは排外主義が「血統を異にする劣者」に対して放射する差別感覚も、もはやヨーロッパ・日本共通のものではなくなってきている。むしろ血統主義を乗り超えたヨーロッパ諸国にとっては、ヨーロッパ外の人びととの文化との、たとえばイスラム教徒との共存関係をどう構築するか、という多文化社会的な課題に迫られている。

ドイツにとっては移民をどう受け入れるかという問題は、もはや過去の課題と化しているが、日本では、現下の在日外国人の問題どころか、今後、さまざまな国々からの大量の移住民の到来とどう向き合っていくかという問題――それは最近までドイツが格闘していた問題――に直面するであろう。そこでは、もはや血統主義に固執した国籍観では対応しきれないであろう。

〈付論〉

書評・他者に学ぶ

一　若尾祐司・本田宏 編『反核から脱原発へ――ドイツとヨーロッパ諸国の選択』

数年前、評者が代表の任にある「非核の政府を求める京都の会」の創立二五周年記念の集いがあった。私は、その際の「閉会の言葉」の一節でこんなことを述べた。

「二五年前の本会発足のときは、チェルノブイリ原発事故の年であった。だが本会結成にあたり、〈核兵器のない世界〉と〈非核三原則の日本〉は論じられても、〈原発のない日本〉については言及されなかった。そうした事態は昨年の福島原発事故まで続いた。ところが、いまや〈原発のない国〉を国是と掲げるに至ったドイツでは、二五年前のこのチェルノブイリ事故こそ、脱原発へのうねりのターニング・ポイトとなったものである」

こんなことを私が述べたのは、本会の活動をそれなりに懸命に続けてきたが、この二五年間はなんだったかのというじくじくじたる思いを禁じえなかったからである。そして、その夜、帰宅したとき、はからずも本書が編者たちによって送付されていた。そこには「閉会の言葉」で述べた問題提起が、豊かな具体的検証をもって歴史学的学問的に応答されていた。本書を書評の対象とした理由はここにある。以下、要点を紹介しよう。

＊　＊　＊

本書は二部に編成され、第一部ではドイツが、第二部ではその他のヨーロッパ諸国が扱われている。まず第一部から見れば、第一章の若尾祐司「反核の論理と運動——ロベルト・ユンクの歩み」では、反ナチ抵抗から反核・反原発へと、運動と批判理論の両面において二〇世紀を駆け抜けたロベルト・ユンクの言説が取り上げられている。ここには高度科学技術の反人間性に警告を発し続け、核兵器と原発の「原子力帝国」に対峙する批判的科学ジャーナリズムが、ドイツには確固として存在していたことが提示されている。ドイツにおける反原発の運動と脱原発の政策が展開されてきた根底に、このような思想と言論の営みがあったことを知らされた。なお本章・補論として高橋博子「米原子力委員会」が付され、国際的な現行放射線防護基準の科学性が、成立事情から問題にされ批判・吟味されている。

続いて第二〜六章では、ドイツにおける戦後から今日にいたるまでの原子力政策と反原発運動の展開の跡が、時期を区切って順次、扱われている。まず第二章の本田宏「ドイツの原子力政策の展開と隘路」では、保守政権下の五〇・六〇年代から社民主導政権下の七〇年代にかけて、原発推進体制が構築されていく過程が追究される。そして、その際に州分権制や住民による行政裁判、さらには参加と対話といった後年の脱原発の道に通じていく「日本とは異なった諸条件」（たとえば原発問題に関する地方自治体＝州の役割の大きさなど）が指摘されている。なお本章には補論として白川欣哉「東ドイツ原子力史」が付され、ソ連の原発導入の過程などが紹介されつつ、九〇年のドイツ統一によって原発の稼働と建設が停止されていく経過が述べられている。だが旧東ドイツを「核のゴミ」の集積地にすることへの反対運動は強まっているという。

第三章は西田慎「反原発運動から緑の党へ」でハンブルクを事例に述べられている。ここでは脱原発の旗手＝エコロジー政党「緑の党」の登場と活動展開の跡がたどられている。この党の活動が、環境問題や政党政治の新たな様相をもたらしただけでなく、民主主義制度が社会的に広く定着化していく役割を果たした、と評せられている。

第四章・竹本真希子「一九八〇年代初頭の反核平和運動」は、西ドイツの核兵器反対運動の軌跡を追い、同時にそれが反原発をも包含した「脱原子力」の運動となっていった流れが明らかにされる。補論の北村陽子「フランクフルト・アム・マインにおける反原発運動」は、反核運動とエコロジー運動との結びつきを地域的検証を通じて明らかにしている。

第五章は佐藤温子「チェルノブイリ原発事故後のドイツ社会」である。ここでは、日本で福島原発事故後に見られた市民、とりわけ女性の反応・運動が、二五年前のドイツでは、もっと大規模にすでに登場し展開していた様相を知る。とくにデモの規模の大きさと激しさに驚かされる。それとともに、プルトニウム再処理問題が、核兵器と原発の交差点として認識されていたのに注目される。この八〇年代の時点では、政府に脱原発へと舵を切らせるまでには至らなかったが、その方向にむけての重要なエポックが刻まれていたことが明らかにされている。

第六章の小野一「政策過程としての脱原発」では、シュレーダー赤緑連立政権（一九九八〜二〇〇五年）からメルケル中道保守現政権に至る過程での脱原発政策の推移が追究されている。ここで注意を引いたのは、以下の指摘である。すなわち脱原発が社民主導政権でないと現実化しないわけではなく、中道保守政権のもとでも可能となったこと、また、その際に環境政策の重要性が、保革の立場を超えてコンセンサスとなっており、それが「原発のないドイツ」への道を選択させたキイ・ポイントとなっていたことなどである。

＊　＊　＊

以上のように第一部第二〜六章では、戦後西ドイツの原子力政策の展開、その後の反核平和と反原発の運動の展開、そしてチェルノブイリ原発事故（一九八六年）後の社会的動向、最後に国政における脱原発政策の確立などが時期と順を追って分担・叙述されている。こうした叙述を、日本における原発問題をめぐる動向を胸底において読むとき、印象深く思われたのは、以下の諸点である。第一はエコロジーの思想と運動が、保守的な人びとをふくめて広がり定着化してきたことが、反原発の土台となっていることである。第二は核兵器と原発が、早くから「原子力政策の問題」として連動して意識化され論議されてきたことである。第三は原発問題において、早くから原発の建設・稼働・事故だけでなく、核廃棄物処理施設の問題に着目され、孫や子の世代の問題として意識されてきたことである。

第四に、なんといっても脱原発・反原発の住民運動の規模の大きさと激しさに目を見張らされる。ドイツでは政界や政府のレベルではともかくも、街頭では反原発・脱原発がはやくに「優位」に立っていたかの感を抱かされる。

さて次に本書の第二部であるが、ここではドイツ以外のヨーロッパ諸国の原子力政策が論じられており、第七章でイギリス（秋元健治）、第八章でフランス（真下俊樹）について、そして第九章では小国の原子力政策史としてデンマーク（小池直人）、オーストリア（東原正明）、チェコとスロヴァキア（福田宏）、スイス（田口晃）について分担・執筆されている。これらの諸章は、歴史的経過の異なる各国事情について知らしてくれることによって、日本のことを考えていくうえで、思考の幅を広げ、多様な論点に気付かせてくれる。つまり反原発・脱原発への多様な道がありうること、したがって日本独自の道の探究方法を示唆される。
最後に本書あとがきで、ドイツの歩みを総括して、エネルギーや原子力のガバナンス体制に関心がよせられがちな日本の原発論議に対して、ドイツでは倫理と価値観の観点が優位に立っていたと指摘して、次のように述べられている点は強く印象づけられる。「しかし最も重要な点は、国家や資本の論理に科学技術の利用をまかせきりにせず、社会が独自の価値、倫理性をもって科学技術を制御しようという発想である。」

＊　＊　＊

本書は歴史家主導で編まれた論集である。歴史家が現代的問題を歴史的展望のもとで論じるとき、往々にして時間的に問題の現代性がもはや希薄化している場合が多々ある。いわば「ミネルヴァのふくろう」である場合が多い。だが本書は、いま、そしてこれから正念場を迎える原子力・原発問題に正面から歴史学的に政治学的に取り組んでいる。若い研究者たちが、本書の編者の呼びかけに応えて、おっとり刀で論陣を張っている様はすがすがしい。本書が推進力のひとつとなって、学問と科学ジャーナリズムの両面において、反原発・脱原発の論陣が広がりとともに確固たる地歩を固めることを念願しつつ、本書の紹介を終わりたい。

（昭和堂、２０１２年４月刊、Ａ５版、３５００円）

二　広田照幸 著『格差・秩序不安と教育』

新自由主義の暴走に対して、福祉や雇用の場合には直接的に経済的被害もはっきり眼に映じ、したがって批判や反撃の叫びと行動も顕著である。だが教育の領域においては、「なにかおかしいぞ」と感じつつも、その暴走に押し流されている感が強い。すくなくとも、つい最近までそうだった。たとえば評者が見聞したところでも、「進学率の向上」の名のもとに行われた公立中高の一貫教育の導入や私立の小学校の新設に関する説明会などには、それぞれ数千の親や祖父母が押し掛けて、教職員組合などの「エリート選別教育反対」の叫びは、むなしく虚空にこだましていた。そこには、地域の人びとや子ども自身の声に批判の足場をおくという、これまでの見地によってだけでは対抗しえない姿があった。新自由主義的教育路線は、地域・子どものいい学校へ行きたいという「欲望」や自分だけは行けるかもしれないという「幻想」を動員する体制であるからだ。こうした国民の「欲望と幻想」を駆り立てる新自由主義教育路線の暴走は、いまだ有効に対峙する方途を見出しえないでいる。それは、たんに運動論的にそうであるだけでなく、教育論や教育学それ自体における問題状況でもある。本書は、こうした状況に対して、「日本的システムの長所を生かしつつ、ヨーロッパの社民的なモデルからも学びつつ、新自由主義と対峙しうるビジョンを作りたい」という「立場性を明確にしたうえで、これからの社会構想――教育構想を紡ぎだそうとしている」。

今日、新自由主義路線は、とくに福祉や雇用の分野では破綻と見直しにさらされてきたが、教育の分野ではいまだ事態は単純ではない。それというのも著者も指摘しているように、教育に関する特定の政策・路線の結果がどのようなものであるかは、短時日では人びとの目に映ずるように表出してこないからである。青少年期の教育のあり様の結果や影響は、壮年期、いや老年期になって初めて評価が定まるとさえいえるからである。それだけに、特定の教育路線を強引に推し進めることの危うさは、強調されねばならない。このような立場と意図、そして注意深い配慮のもとに、本書は、（Ⅰ）グローバル化と教育、（Ⅱ）格差と学力、（Ⅲ）教育と政治、「付論」教育学への案内という構成のもと、ここ数年間における「教育と社会」の諸問題を多角的に論じている。

本書を通読するとき、著者の発想ないし着目点について、多くの注目すべき指摘に出会う。そのうちのいくつかについて述べよう。

まず第一に著者は、新自由主義的教育への対抗軸を構築するにあたって、まず新自由主義それ自体を相対化する。すなわち新自由主義はグローバリゼーションのひとつの具体相であって、グローバリゼーション一般に反対か賛成か、あるいは現状をとるか改革をとるかという二分法にはいりこむことをいましめる。そしてグローバリゼーションに対する別種の対応の可能性をさぐることが必要であるという。たとえば東アジア共同体構想のような、アジアとの連帯を志向する、グローバリゼーションへの別種の対応の仕方（リージョナリズム）があることを指摘する。

そして、これに相応して教育の分野においても、三極のモデルを設定できるとする。すなわち（1）市場化と民営化（競争と評価）を前面に掲げる露骨な新自由主義的な改革路線、（2）自民党文教族・文科省などにみられた流れで、規制による日本型教育モデルの維持をはかる保守グループ、（3）ヨーロッパ型モデルを採用する社民リベラルの三つである。日本においては新自由主義的改革路線が九〇年代以降、保守グループを押しのけてイニシャチブをにぎるようになったのは周知のところである。それは、旧来の保守派のイデオロギーとはまったく異なるため、旧来の運動論的な枠組みでは的外れな議論になっていることが、本書の随所で指摘されている。

なお著者は同じ新自由主義的教育といっても、国によって違いがあり、日本の場合がそれの唯一のあり様でないことにも注意を促している。つまり大局的には三つの選択肢があったとしても、分析的ミクロ的にはもっと多くの枝分かれた選択肢が想定されるというのだ。

本書の注目すべき第二は以下の点である。著者は（3）の社民リベラル・モデルを選択しているが、その際にヨーロッパの社民リベラル型を想定しつつも、戦後日本の教育現場の実践のなかで蓄積されてきた日本的システムの長所（たとえば、こぼれた者に手厚い指導をしたり、悪いことをした者に対しても面倒をみるといった「逆トーナメント選抜」）を継承し生かすことにも注意を促している。著者のこうした目配りは、新自由主義的改革への対抗軸（別のビジョン）の設定というレベルだけでなく、それへの抵抗というレベルにも注がれる。すなわち著者は「一かゼロか」という反対と抵抗の論理には与しないが、抵抗によって、これまでのシステムの根幹の良い部分を傷付けずに、次の時代までもっていける可能性があることを指摘している。

本書の注目すべき第三点は以下のことである。それは教育と政治の関係に関した発言で、学校システムが政治的な主権者を作っている側面に、もっと研究関心が寄せられる必要がある、という指摘である。

この指摘は、新自由主義的教育路線もそれに対する批判的言説もともに「教育と経済」というつながりが強調され、「教育と政治」のつながりが見失われていることに対する批判の表明である。このことは今日、「ポスト国民国家」（グローバリゼーション）と「国民国家の再強化」（新保守主義とか新国家主義）という両様の可能性をまえにして、洗練された政治判断能力がいっそう必要になってきているからだという。この意味で「経済主体を生産する教育」もしくは雇用問題だけではなく、「政治主体を生産する教育」に関心をもつことが強調される。このことは、新自由主義的路線に対する別種の構想を立てつつ、不透明な未来社会を切り開いていくために、欠かせないポイントとして提示されている。

著者はいう。「教育によって作られる主権者が社会を民主的に動かすという、かつてコンドルセが描いた理想は、まだ実現の途上にあると私は思っている。」

その他、個々にも紹介したい誘惑に駆られる諸点が多々あるが、ここでは最後に教育学が今日、現実の変化のなかで直面している学問的・方法論的な側面について触れておきたい。この点に関して本書では「付論――教育学への道案内」において、問題別文献紹介という形で集約的に論じている。まず、これまで教育の運動や理論を主導してきた教育学が、その説明力を低下させてきた事情として、教育の理論と現実の大きな変化があったとして、以下の三つを指摘する。（1）学校問題や青少年問題が浮上し、教育学の研究が学校の日常や青少年の生活世界をとらえきれなくなったこと。（2）教育がもつ本源的恣意性や権力性への理論的な自覚が浮上してきたことである。つまりイリッチ、フーコー、アリエスなどの理論的インパクトであり、教育諸観念の歴史的・社会的被造性や権力としての性格が明らかにされてきたことである。そして（3）これまでに述べてきた新自由主義的教育改革のインパクトが加わる。そこには一方では、グローバル化のなかの経済的社会的葛藤、学力格差、はてはモンスター・ペアレントや厄介なＰＴＡ問題にいたるまでのさまざまな現実問題が惹起しているとともに、他方では教育学的理論・政策の問い直しが要請されている。

こうした教育の現実と理論の問題性と切り結ぶべく、いくつかの課題への取り組みがなされつつある動向が整理されている。それは、これまで教育学が自明の前提としてきたものへの問い直しや再定義の動きである。また教育を語る言説が、現実から乖離し空転している状況が見つめ直されている。さらには教育の現場感覚に根ざした実践知の試みが検索されている。

私は本書を一読して、著者の近作『思考のフロンティア・教育』『ヒューマニティーズ・教育学』（いずれも岩波書店刊）とあわせ考えつつ、以下のような感慨を抱いた。

つい最近まで新自由主義教育路線と新保守主義・新国家主義の分業と協業による奇怪な流れが跳梁してきた。そして、その流れが、現実にはいまようやくゆらぎを見せ、それに対する見直しの機運が出はじめつつも、教育の運動と理論においては、未来への方向性を見出す点で、いまだ混迷を脱していない、と思われた。だがそうした状況のなかで、本書をふくめた広田氏の一連の教育学的作業によって、彼方に霧が晴れる想いを抱いた。

（世織書房、２００９年７月刊、４６版、３６００円）

三　碓井敏正・大西広 編著

『成長国家から成熟社会へ――福祉国家論を超えて――』

基本的構想

本書の編者たち（他に執筆者四名）は、これまでに「ゼロ成長社会」とか「成熟社会」といったキイ・タームのもとに、いくつもの編著や単著を世に問うてきている。

この「ゼロ成長社会」とは、もはや右肩上がりの高度経済成長の時代は終わったという時代認識の表現であり、そして、これからめざすべき社会のあり様を「成熟社会」と呼称している。その際に、経済成長主義や新自由主義への対抗構想として提言されている「福祉国家論」を、ゼロ成長社会には不適合な構想として退けている点に、本書の独自性が際立っている。

さて本書の内容紹介であるが、Ⅰ「国家と市民社会を考える」、Ⅱ「労働と生活を考える」、Ⅲ「地方と外交を考える」という三部構成で包括的な立論が企図されている。著作紹介としては、順を追って具体的に行うべきであるが、評者の関心のおもむくままに、いくつかの論点にしぼりたい。

成熟社会とは

ゼロ成長社会に至った「現代成熟社会」への道においては、ひとつの社会体制を構成する諸要素（たとえば民主主義）が、発展し深化すること、とりわけ人びとの価値観の成熟が最も重要だとされる。このような成熟した個人によって満たされる社会こそが、国家権力の機能を縮小・吸収・死滅させうるのである。ここに本書の基本的な社会観・人間観、ひいては国家観がある。こうした基本的な見地が、政治運動と社会運動の区別、後者の役割の重要性といった主張につながっていく。

読者は、個人のあり様⇩社会のあり様⇩国家（政治）のあり様という論理的流れに沿って、一人ひとりがどう成熟していくかという課題を自覚させられていく。

成熟社会と革新運動

以上のような基本的見地から革新運動のあり方に目が向けられる。たとえば憲法問題について、憲法的価値（平和・人権・民主主義など）を、日常の人間関係や各種組織運営に生かすことの重要性が説かれる。また憲法問題の入り口を単一化せず、憲法条項の性格に応じた護憲運動の分節化をはかるべきだ、と指摘されている。ちなみに「維新の会」に代表される右派ポピュリズムは、こうした政治的成熟への逆行現象として説明されている。また労働運動の課題に関連して、たとえばワークシェアリングの推進も、労働者間の問題として、つまり市民社会の成熟という視点からとらえるべきだとされている。

異論の尊重

成熟社会への道にとっては、民主主義における討論と決定という問題が重視される。この問題にとって討論が可能となることが前提になる。この点を映画『十二人の怒れる男』を事例に、異論の存在とその尊重が民主主義の存立にとって、いかに重要かを説いたくだりはきわめて興味深かった。そこでは当初、陪審員による「有罪一一対無罪一」が、異論の発生とその尊重によって、延々たる討論の道を経て、「全員一致で無罪」へと帰着していったのである。成熟社会への道にとって、異論の存在とその尊重が、いかに重要であるかを鮮明に印象付けられた。

労働と生活を考える

以上のような成熟社会論をめぐる基本的な問題の考察を受けて、人びとの労働のあり様や労働組合運動のあり方に論及している。たとえば成熟社会にふさわしい生活保障をどう形成するかを問うている。また、そこにおける働き方を考えるうえで、日本の伝統的な雇用・賃金・組合組織の問題点を多角的に解明している。

望蜀の読後感

本書は、現代を「ゼロ成長社会」という時代認識でとらえ、そこにおける「成熟社会」という展望のもとに、国家・社会・労働・生活、さらには外交までを包摂して論じつつ、現代のあり様として流布されている福祉国家論を超えようと試みている。

こうした包括的な野心的試みに対しては、論及されている諸分野に精粗があると指摘するのは易い。だが、それは今後の探究課題を発見する道程で生じていることで、避けられないことであろう。そうしたことよりも、多くの「現代論」が評者にとってしっくりしない要因は、日本においてはエコ思想とフェミニズムという現代の二大思潮の洗礼を素通りしてきたことにある、と常々、思っている。この二つの二〇世紀思想は一時期、日本の論壇にも登場したが、国民意識のなかに刻みこまれないまま今日に至っている。この点を、「成熟社会論」にどう取り込むことができるであろうか。

（花伝社、２０１４年９月刊、４６判、１７００円）

四　碓井敏正 著『成熟社会における人権、道徳、民主主義』

本書は、未来に向けて新しい社会構想を構築するにあたり、社会（市民社会）の原理的なあり様を、規範哲学・社会哲学の立場から探究したものである。著者の理論的営みの起点は、ソ連社会主義体制の崩壊を契機としている。つまり、そこから市民社会の成熟を欠いた国家体制の危険性を学び取り、そして、将来の社会のグランド・デザインにおいて不可欠なことは、市民社会の成熟（本書では「成熟社会」と表現）にあると断じている。逆言するならば、社会主義体制の崩壊を考える場合、基本的ポイントは以下の点に求められている。すなわち市民社会の成熟が、社会主義・共産主義の最大の課題である、と。こうした認識が、著者の学問上の原理的スタートラインにおかれている。

以上のような基本的見地は、著者独自のものというよりも、ニュアンスの相違を別とすれば、見解を共有する論者もすくなくないであろう。そうしたなかで本書の特色は、この基本的見地それ自体を深く考察するとともに、裁判員制度、道徳教育、組織原理、生命倫理、温暖化問題、人権、文化権などの具体的諸問題に即して議論を展開している点にある。こうした論述ぶりに接して、私は、かつて若い頃に読んだ哲学のあり様を述べた文章を思い起こした。そこでは次のような意味のことが述べられていた。哲学は、抽象的思弁のレベルに終始するのではなく、現実の具体的諸問題の森にわけいり、そこで格闘することによって、自らを鍛え発展させるべきである、と。この言葉を実践化している著者の基本的スタンスに、心地よい新風を感じた次第である。

＊　＊　＊

さて本書は、第Ⅰ部と第Ⅱ部にわかれ、第Ⅰ部第1〜4章で、主として「成熟社会」とその課題について、著者の基本的見地を述べている。まず第1章では、社会（市民社会）を、国家と市場から区別された第三セクターとしてとらえ、その実体としてNPOなど各種市民運動を想定する。ただし、その際に市民社会を市場から切り離された存在、あるいはそれと対抗的なものとはとらえない。むしろ市場経済システムは、資源の最適配分システムとして市民社会と最も調和するものとされている。ここにも市場経済を排除したソ連社会主義体制の崩壊という、にがい歴史的経験への深刻な反省があり、社会主義の可能性は市場社会主義しかありえない、という基本認識がある。

次に、この市民社会の成熟の基本テーゼは、「成長社会から成熟社会へ」であるとされる。この意味における成熟社会とは、「これ以上の資本蓄積を追求しない社会（＝ゼロ成長社会）である」と主張される。また市民社会における人間像とその成熟は、世俗的価値の相対化、自己実現欲求に求められ、さらに対人関係の成熟は、自己の相対化、他者との相互性の原則の定着に求められる、という。次いで参加概念との関連で市民社会を以下のように見る。ここでは政治参加を市民的義務としてとらえるとともに、一方的な権利要求から参加型要求への希求が要請される。

次いで第2章では、市民社会の成熟に貢献すると期待される非営利・協同組織の意義と問題点について論じられる。これは、国家（第一セクター）、市場（第二セクター）に対して、第三セクターとして位置づけられ、それぞれ平等、自由、友愛（連帯）を原理とする。ここでの指摘で興味深かったのは、以下のことである。すなわち非営利・協同セクターが、ときには組織内民主主義の破壊や不当利益を得たりする否定的状態（大学や病院など）を呈することもあり、逆に営利を目的とする一般企業が、法令順守や社会的責任にこたえる体質改善に努めるケース（障害者雇用など）も見られる、という指摘である。つまり成熟した組織文化の形成のために、主体的営みが強調されている。「付論」で、「大学は本当に社会的責任を果たしているか」が論じられているが、大学人としての著者自身の反省的考察として、大学の現状への重い問いかけを感じさせる。

第3章「成熟社会における正義」は、ロールズの正義論の摂取のうえに、その限界を超えようとする試みである。その焦点は、資本主義の矛盾の明確化のなかで、貧困の問題に軸足をおいた社会的正義の主張、つまり分配的正義への道の探究におかれる。ただし、その分配的正義も市場経済から生じる果実を前提しなければならないことに注意が向けられ、その意味で、いわゆるマルクス主義的な正義批判は斥けられている。

第4章は「市民社会の成熟と社会主義」と題され、著者が「市民社会の成熟」＝「成熟社会」という問題設定に至った事情――「マルクス学徒」としての事情――が明らかにされている。すなわち資本主義が生き残り、社会主義が崩壊したのは、計画経済や民主主義の欠如だけが原因ではないとする。逆言すれば、社会主義の可能性は、自生的秩序としての市場をベースにした市場社会主義以外にはないと主張する。いわば著者は、市場と資本主義とを単純に同一視しないのである。

さらに本章では、マルクス主義的社会主義が「権力への志向」をもつとき、その危険性を内包することが指摘される。つまり自己主張の相対化によって、多元主義的価値観が、民主主義の哲学的人間的前提とされねばならないことが説かれている。加えてグローバル化の現代における社会主義の現代的可能性が問われ、一国レベルでの社会主義的政策では効果をあげがたいとされ、国際的な再分配政策が求められるとする。総じて、本章には「成熟社会」論を構築するに至った著者の政治的・思想的起点がうかがえて興味深い。

＊　＊　＊

第5、6章、第Ⅱ部第7～12章では、これまでに論述されてきた「成熟社会」論の基本的見地から、今日、直面している現実的諸問題に対する規範哲学的な考察が試みられている。そこで取り上げられている問題は多岐にわたる。列記すれば、裁判員制度、道徳教育、組織倫理、生命倫理と自己決定の問題、温暖化問題、グローバル化と人権、文化権、「権利と義務」論などである。これらの諸問題は、それぞれ社会科学の個別分野や医学や自然科学の諸分野の対象でもある。したがって、それぞれの分野でも異説が併存し、学問的には現在進行形の諸問題である。しかし本書で扱っているように、「成熟社会」論にとって避けて通れない諸問題でもある。

それというのも、今日、直面しているこうした諸問題と切り結ぶことなしには、「成熟社会」論を、ひいては規範哲学ないし社会哲学を、抽象の世界に飛びかうだけでなく、現実に思想的影響をもちうるように、鍛え上げていくことはできないからである。ここには哲学が諸科学の概括を課題とする学問上の運命的道筋がうかがえる。こうした意味で、これらの現実的諸問題を扱っている本書の論述も、とりあえずの結論や留保付けの議論もすくなくない。しかし、それは「成熟社会」論が未完であり、構築中であることを物語るのであって、碓井哲学の欠陥ではない。むしろ、こうした努力の方向にこそ、豊かな学問的未来が期待される、と私は思う。

本書に関する全体的感想をいえば、今日、めざすべき課題ないし目標として「成熟社会」

なるタームを打ち出したことの意味は大きい。それというのも、事柄の内容については大方の賛意はえられても、それを表現する適切なタームを提示しないと、議論の前進はありえないからである。

しかも、このタームの導入は、「あとがき」でも述べられているように、体制の外側から体制転換をはかるのではなく、体制の内側からの変革へという、著者の立ち位置の変化を背景としたものである。ただし、この「成熟社会」とは、いわば「見果てぬ夢」のような存在であるが、しかし「現実目標となる夢」でもある、という。こういわれてくると、西欧型社会民主主義の哲学とどこまで重なり、どこから分岐するのか、論争の種をまきたい欲求にかられるが……。ともあれ本書は、この「夢」の追究の旅のただなかにおける所産であり、著者のこの旅はいまもまだ続く。

最後に叙述の方法に関連していえば、本書はそれぞれ独立した論文をもとに編まれているので、議論の繰り返しや前後関係がしっくりしなかったりする点が散見される。しかし、それも本書が既成の学説の解説や展開に関心をむけるのではなく、ソ連社会主義体制の崩壊以後における現実の展開をまえに、規範哲学ないし社会哲学の立場から、新たな原理的かつ理論的な諸問題に挑戦している渦中の所産であると見るべきであろう。

（文理閣、２０１０年12月刊、４６判、１７００円）

終わりの言葉、そして「あとがき」

以上で「ドイツ史学徒が歩んだ戦後と忘れえぬ人びと」と題した小論を終わる。思えば「青春の蹉跌」から発条した「私の戦後」は、結局のところドイツ近代史研究という学問研究の世界では、講座派・大塚史学の洗礼を受けることからスタートし、そこから脱却しつつ「比較教育社会史」という分野の開拓という道を歩んできた。

他方、社会的活動の領域では、ふりかえってみれば思想的・政治的意思からというよりは、「青春の蹉跌」をかこち続けても「らち」はあかないといった想いが強かった。そして、ともかく京都・向日市というローカルな行動半径のなかで、政治的現実的な効果や効用を検証するといったプラグマテイックな構えをもって取り組んできた。時折、知友や往年の教え子たちが、「雀、百まで……ですかね」と語るのに、「そうですね」としか言いようがないのが実態である。「比較教育社会史」への道が、「ドイツ史学徒」としての「私の戦後」であったとしたら、ローカルな範囲でそれなりに続けて来た社会的活動は、「もうひとつの戦後」であった。それらは、ともに「青春の蹉跌」から発条した「私の戦後」の二つの相貌といえようか。

いずれにしても、歩んできた「私の戦後における二つの相貌」は、本書では触れえなかったあまりにも多くの人びとをふくめた交流と学び合いに刻印されている、という想いを改めて強くしている。

次に本書に再録した拙稿の所収の雑誌名・号数・原題を列記しておこう。

第三章　付論　追想　木谷勤さん（『ゲシヒテ第12号』二〇一九年四月、ドイツ現代史研究会機関誌）

第四章　付論1　鶴見俊輔さんへの私的追想（「季論21」二〇一五年秋号・巻頭言）

付論2　和田洋一『灰色のユーモア――私の昭和史』によせて（『季論21』二〇一八年夏号「戦時下の弾圧問題の地平と広がり」）

付論3　「同志社の文化史学」と私の「距離感」（『文化史学』第65号、「政治史・社会史から文化史への回路」）

第五章〈付論〉「〈小さな都市〉が発する非戦・平和の１００字メッセージ」（『季論

21』二〇一八年秋号「『小さな都市』が発する挑戦・平和の希求と覚悟」）

第六章　一　『岩井忠熊氏との対談』（『季論21』二〇一五年夏号「対談・日本とドイツの戦中・戦後」）

二　「戦後平和主義の条件――「九条問題」によせて（『季論21』二〇〇八年創刊号「日本とドイツの戦後平和主義の条件」）

三　「排外主義の条件」（『人権と部落問題』二〇一四年十一月号）「現代ドイツの排外主義――日本と対比しつつ」

〈付論〉書評

一　若尾祐司・本田宏編「反核から脱原発へ」（『季論21』二〇一二年夏号』）

二　広田照幸『格差・秩序不安と教育』（『季論21』二〇一〇年冬号）

三　碓井敏正・大西広『成長国家から成熟社会へ』（『人権と部落問題』二〇一五年二月）

四　碓井敏正『成熟社会における人権、道徳、民主主義』（『季論21』二〇一一年春号）

さて最後に本書の成り立ちについて一言しておきたい。本書の「原像」ともいうべきものは、『季論21』に、二〇一九年「春号」「夏号」「秋号」の三号にわたって、「ドイツ史学徒が歩んだ戦後」なるタイトルで連載したものである。この連載の企画は、もちろん同誌の編集長新船海三郎氏の提案である。

「依頼原稿は基本的にことわらない」、とりわけ『季論21』の原稿については、そういう姿勢をもってきた私としては、もちろん承諾した。だがドイツ近代史研究者として、自分の研究上のことについては、これまでも折にふれて論じてきたので、それに再論を加えつつ行えば、なんとかなると思いつつも、「もうひとつの戦後」、つまり社会運動にかかわることは、まとめて考えることは宿題にしてきたこともあって、そこに一抹の不安をかかえながらスタートしたのが、いつわらざるところである。「二頭立てのなんとやら……」にならないかという不安である。この点がどうであったろうか、自分としてそれなりに苦労した点であったが、読後感はどうであろうか。大方のご批評を賜りたい。

私事ながら私は、来年は九〇歳の坂にさしかかる。一冊の書き下しを世に出すことは、最後の機会になるやもしれない。その意味では、こうした機会をあたえ、それなりに奮闘する場をあたえていただいた新船さんには心から深く謝意を表したい。

二〇一九年一一月一一日　　　　　著者

ドイツ史学徒が歩んだ戦後と史学史的追想

二〇二〇年一月一二日　初版　第一刷発行

著　者　望田 幸男
発行者　新舩 海三郎
発行所　株式会社 本の泉社
〒113・0033 東京都文京区本郷二・二五・六
TEL. 03(5800)8494
FAX. 03(5800)5353
http://www.honnoizumi.co.jp

印刷　亜細亜印刷株式会社
製本　株式会社 村上製本所
DTP　河岡 隆(株式会社 西崎印刷)

定価はカバーに表示しています。

ISBN978-4-7807-1954-3　C0020
定価1500円＋税